FANTASY

Die Welt der DRACHENLANZE bei Goldmann und Blanvalet:

Die Chronik der DRACHENLANZE
1. Drachenzwielicht (24510) • 2. Drachenjäger (24511) • 3. Drachenwinter (24512) • 4. Drachenzauber (24513) • 5. Drachenkrieg (24516) • 6. Drachendämmerung (24517)

Die Legenden der DRACHENLANZE
1. Die Brüder (24527) • 2. Die Stadt der Göttin (24528) • 3. Der Krieg der Brüder (24530) • 4. Die Königin der Finsternis (24531) • 5. Der Hammer der Götter (24533) • 6. Caramons Rückkehr (24534)

Das Heldenlied der DRACHENLANZE
1. Das Ehrenwort (24587) • 2. Verrat unter Rittern (24589) • 3. Das Schwert des Königs (24591) • 4. Heldenblut (24593) • 5. Unter dunklen Sternen (24594) • 6. Die Stunde des Skorpions (24595)

Die Geschichte der DRACHENLANZE
1. Die Zitadelle des Magus (24538) • 2. Der Magische Turm (24539) • 3. Die Jagd des Todes (24540) • 4. Der Zauber des Palin (24541) • 5. Der edle Ritter (24542) • 6. Raistlins Tochter (24543)

Der Bund der DRACHENLANZE
1. Ungleiche Freunde (24602) • 2. Die Erben der Stimme (24603) • 3. Die Stunde der Diebe (24604) • 4. Finstere Pläne (24605) • 5. Das Mädchen mit dem Schwert (24606) • 6. Verspätete Rache (24607) • 7. Schattenreiter (24673) • 8. Das Siegel des Verräters (24674) • 9. Stahl und Stein (24675) • 10. Das Schloss im Eis (24676) • 11. Der Zauber des Dunkels (24677) • 12. Die Jäger der Wüste (24678)

Die Zauberprüfung (24907)

Die Krieger der DRACHENLANZE
1. Der Dieb der Zauberkraft (24816) • 2. Die Ritter der Krone (24817) • 3. Verhängnisvolle Fahrt (24845) • 4. Tödliche Beute (24846) • 5. Die Ehre des Minotaurus (24847) • 6. Die Ritter des Schwerts (24887) • 7. Theros Eisenfeld (24888) • 8. Der Lanzenschmied (24889) • 9. Diebesglück (24890)

Drachenauge – Stories aus der Welt der Drachenlanze (24908)

DRACHENLANZE – Die Neue Generation (24621)

Die Erben der DRACHENLANZE
1. Drachensommer (24708) • 2. Drachenfeuer (24718) • 3. Drachennest (24782) • 4. Die Grube der Feuerdrachen (24783)

Weitere Bände sind in Vorbereitung.

ROLAND GREEN

Die Krieger der Drachenlanze 9

Diebesglück

Aus dem Amerikanischen
von Imke Brodersen

DragonLance®

BLANVALET

Das Buch erschien im Original unter dem Titel
»DRAGONLANCE® Saga, The Warriors V, Knights of the Rose«
(Chapters 1–9)
bei TSR, Inc., 1801 Lind Ave SW, Renton, WA 98055, USA

Umwelthinweis:
Alle bedruckten Materialien dieses Taschenbuches
sind chlorfrei und umweltschonend.
Das Papier enthält Recycling-Anteile.

Deutsche Erstveröffentlichung 12/99

U. S., CANADA,
ASIA, PACIFIC &
LATIN AMERICA
Wizards of the Coast, Inc.
P.O. Box 707
Renton, WA 98057-0707
+ 1-206-624-0933

EUROPEAN HEADQUARTERS
Wizards of the Coast,
Belgium
P.B. 34
2300 Turnhout
Belgium
+32-14-44-30-44

Visit our website at http://www.tsr.com

Published in the Federal Republic of Germany by
Goldmann Verlag, München
Blanvalet Taschenbücher erscheinen im Goldmann Verlag,
einem Unternehmen der Verlagsgruppe Bertelsmann.
Deutschsprachige Rechte beim
Wilhelm Goldmann Verlag, München,
in der Verlagsgruppe Bertelsmann GmbH
Umschlaggestaltung: Design Team München
Umschlagillustration: TSR
Satz: deutsch-türkischer fotosatz, Berlin
Druck: Elsnerdruck, Berlin
Verlagsnummer: 24890
Redaktion: Yvonne Hergane
V. B. · Herstellung: Peter Papenbrok
Printed in Germany
ISBN 3-442-24890-6

1 3 5 7 9 10 8 6 4 2

Prolog

Der auflandige Wind ließ die Gischt hoch über die Barre spritzen, doch das wendige grüne Schiff mit den drei roten Segeln überwand die Brecher mit Leichtigkeit. Einen Augenblick war sein Bug auf den blauen Himmel gerichtet; im nächsten ragte sein Ruder aus dem Wasser heraus.

Sein Tempo und erfahrene Männer an den Schoten wie an der Ruderpinne trugen es voran. Bald erreichte es das ruhige, tiefe Wasser jenseits der Barre. Aus drei Segeln wurden fünf – je zwei viereckige an den beiden vorderen Masten und ein einzelnes, dreieckiges am hinteren.

Lady Eskaia, die dem Schiff vom Balkon ihrer Villa aus nachblickte, sagte sich, es sei nur der Wind, der ihre Augen feucht werden ließ. Mit dem Handrücken wischte sie die Tränen ab. Zweifellos hätte ihre Zofe es lieber gesehen, wenn sie ein seidenes Taschentuch dazu benutzt hätte, »wie es sich in Eurer Stellung schickt, Herrin«.

Was wusste eine Zofe – die nie das offene Meer gesehen hatte, bevor sie in Eskaias Dienste getreten war – schon von der wahren Stellung ihrer Herrin? Eskaia war die Tochter eines Mannes, der in seiner Jugend mit dem eigenen Schiff losgesegelt war, damals, als das Vermögen des Hauses Encuintras sich erst zu mehren begann. Eskaia war Mutter von zwei Seefahrern – einem Sohn, der auf dem schlanken Schiff angelernt wurde, das dort in See stach, und einer Tochter, deren Talent als Bogenschützin ihr einen Platz in der Leibwache eines Kaufmanns des Hauses Bulus verschafft hatte.

Darüber hinaus war Eskaia die Gemahlin von Jemar dem Schönen, Häuptling der Seebarbaren, einem meisterlichen Kaufmann, Flottenkapitän, Krieger, Ratgeber, Liebhaber …

Eskaia schloss die Augen. Sie würde sich nicht »Witwe« nennen. Für sie lebte Jemar noch, auch wenn es Jahre her war, seit ein paar Wrackteile der *Windschwert* an Land gespült worden waren. Das Gesetz, die Menschen – selbst die Götter mochten sie eine Witwe nennen, aber sie würde diesen Titel nicht führen, ebenso wenig wie sie gestattete, dass Jemars Räume vernachlässigt oder seine alten Leibdiener entlassen wurden.

Sein Körper war zweifellos verschwunden, und sie würde von ihm kein Kind mehr bekommen. Aber sein Geist weilte in ihrer Nähe und würde bei ihr bleiben, bis sie zu ihm ginge und sie wieder vereint waren wie während der siebzehn Jahre ihres gemeinsamen Lebens.

Das entsprach nicht dem, was die Priester verkündeten, und deshalb behielt Eskaia ihre Meinung für sich. Wer wusste schon, wo der Königspriester heutzutage seine Augen und Ohren hatte?

Nachdem sie Jemar begegnet war, hatte sie gelernt zu kämpfen. Wer nicht kämpfen konnte, zumindest mit Feder oder Zunge anstelle des Stahls, erreichte nicht viel. Deshalb hatte sie die Welt, den Königspriester und selbst die Götter wissen lassen, dass Jemars zeitweilige Abwesenheit nicht ausreichte, um die Tage *ihres* Kampfes zu beenden.

Inzwischen trugen fünf windgeblähte Segel das Schiff rasch aufs Meer hinaus. Torvik würde mit dem Segelsetzen fertig sein und an seine nächste Aufgabe herangehen, wahrscheinlich überprüfen, ob während der Überwindung der Barre auch kein Ballast verrutscht war. Kilmygos war sowohl ein umsichtiger Kapitän als auch ein gewiefter Händler; er würde für jeden jungen Burschen mit Talent zur Seefahrt einen guten Lehrer abgeben.

Eskaia trat auf dem Balkon der Villa vor, bis sie von einem Ende des Hafens zum anderen blicken konnte, dazu über die Stadt, die sich dahinter erhob, und die terrassierten Berge darüber. Ein Windstoß umwehte sie; sie zog die Kämme aus Walrossbein aus den Haaren und ließ die Haare im Wind flattern. Noch immer waren sie so lang, dass sie ihr fast bis zur Taille reichten, und mehr schwarz als silbern. Noch immer war sie stolz auf ihr Haar, auch wenn keine Finger mehr des Nachts hindurchglitten.

Der Ort vor ihren Augen nannte sich Vuinlod und war schon beinahe eine Großstadt. Immerhin hatte er schon an diesem Hafen im nördlichen Solamnia existiert, bevor das Land diesen Namen erhielt. In einer Chronik aus der Zeit von Vinas Solamnus stand, dass seine Armee in einem Dorf an eben diesem Hafen Fisch gekauft und Fischer rekrutiert hätte. Die Beschreibung passte auf keinen anderen Hafen an der Nordküste des späteren Solamnia.

In Vuinlod gab es jeden Handwerker, den man brauchte, um Schiffe und Häuser instand zu halten. Selten schickte Lady Eskaia nach außerhalb, um die Schiffe seetüchtig zu erhalten, die sie von Jemar geerbt hatte und eines Tages an Torvik und ihre anderen Kinder weitergeben würde.

Zugleich war Vuinlod klein genug und weit genug von den Metropolen des Reiches Istar mit ihrem Menschengewimmel entfernt, dass ein Fremdling auffiel und daher bald nach seinem Woher und Wohin gefragt wurde. Das war auch gut so. Eskaia wollte ihre letzten Jahre verleben, ohne von den Schergen des Königspriesters bedrängt zu werden, dessen Arm trotz gelegentlicher Triumphe der Gerechtigkeit mit jedem Jahr länger wurde.

Es hätte ihr nach dem Tod von Josclyn Encuintras auch sehr schlecht gehen können: Viel von der Macht seines Handelshauses war mit ihm gestorben. Aber innerhalb weniger Monate nach Josclyns Tod starb auch der alte Königspriester, und sein Nachfolger war ein Mann mit einer gerechteren Seele oder vielleicht einem trägeren Körper. Jedenfalls förderte er das Unrecht nicht so eifrig wie sein Vorgänger.

Während also Eskaia und die anderen Erben von Josclyn Encuintras einen unauffälligen, aber hemmungslosen Krieg um ihre Anteile ausfochten, schien die Bedrohung durch den Königspriester nachzulassen. Die Schweigenden Diener blieben verboten oder zumindest im Verborgenen; nur wenige Leute in Istar und noch weniger anderswo hielten es für richtig, das Gute durch Assassinenbanden zu beschützen. Die Priester der Zeboim konnten unter dem neuen Königspriester nicht wieder denselben Status erreichen, den sie unter dem alten verloren hatten. (Sie waren ohnehin zu wenige; etwa die Hälfte der Istarer Diener der schrecklichen Meeresgöttin waren bei einer gewissen Schlacht an der Nordküste umgekommen.)

Aber auch wenn der neue Königspriester seine Macht nicht als Waffe gegen seine Feinde ausnutzte, gab es doch noch so manchen ergrimmten Diener des alten Königspriesters. Außerdem versuchten viele in Istar, dem Königspriester zu dienen, ob er diesen Dienst nun wünschte oder nicht, weil sie dadurch seine Gunst zu erringen hofften.

Und schließlich gab es da noch diejenigen in Istar und vielen anderen Ländern, die glaubten, dass die Menschen tugendhafter waren – was immer das auch bedeuten mochte – als andere Völker. Das waren die Schlimmsten. Jeder von ihnen – die Eskaias Ansicht nach nur die Bezeichnung »Barbaren« verdienten – hasste eine nicht menschliche Rasse mehr als die anderen. Keiner war zu friedlichem Zusammenleben mit Nichtmenschen bereit, solange er hoffen konnte, sie im Krieg zu besiegen.

Vuinlod beherbergte nur wenige solcher Barbaren, den Göttern sei Dank. Das war ein weiterer Vorzug der Stadt. Ihre Toleranz hatte Kender, Zwerge, Qualinesti-Elfen und Halbelfen angezogen, die sich in Vuinlod niedergelassen hatten. Diese neuen Siedler waren gegenüber feindseligen Besuchern noch aufmerksamer als die Menschen.

Wenn Eskaia doch nur gewisse Freunde überzeugen könnte, sich weniger um ihre eigenen Angelegenheiten zu kümmern oder ihre Angelegenheiten zumindest von Vuinlod aus zu regeln anstatt aus dem tiefsten Istar …

»Herrin«, erklang die Stimme der Zweiten Zofe. »Euer Bad ist bereit.«

»Danke«, erwiderte Eskaia. »Lass Schreibzeug und einen Becher Wein aufs Zimmer bringen.«

Jetzt war es die Erste Zofe, die sprach – oder vielmehr jammerte. Dass die Götter sie mit einer weinerlichen Stimme bedacht hatten, war nicht ihre Schuld. Aber es war Eskaias Schicksal, ihr Tag für Tag zuzuhören – wenn sie die Frau und ihre vielköpfige Familie nicht auf die Straße setzen und dem Hunger preisgeben wollte.

»Herrin, wir können keinen Schreiber schicken, wenn Ihr badet. Das ist nicht …«

»Schicklich?«, beendete Eskaia den Satz. »Aber was kann unschicklich daran sein, dass ich den Brief selber schreibe?«

Keine der Zofen sagte ein Wort. Eskaia hoffte, dass dieses Schweigen andauern würde und dass die ältere zu überrascht und die jüngere zu naiv sein würde, um sich zu fragen, warum eine Dame darauf bestand, dass nur ihre eigenen Augen einen Brief zu sehen bekamen.

Der Stuhl knarrte unter Sir Marod von Ellersford, als dieser sein Gewicht verlagerte. Er war immer schon groß und schlank gewesen und er war immer noch weniger gebeugt als die meisten Männer mit siebzig. Nach jenem Reitunfall, seitdem also eines seiner Knie steif war und ein Knöchel leicht umknickte, hatte er jedoch an Gewicht zugelegt.

So jedenfalls lautete die Geschichte, die er herumerzählte. Sein Gewissen hatte ihm das nicht leicht gemacht; ein Ritter von Solamnia war durch Eid verpflichtet, nicht zu lügen. Ein Ritter der Rose war noch strenger verpflichtet und ein Ritter in Sir Marods Alter ohnehin. Nur hatten die, die den Eid zur Zeit von Vinas Solamnus ersonnen hatten, nicht geahnt, dass ein Ritter wie Sir Marod einmal Feinde aus den Reihen der eigenen Ritter würde täuschen müssen.

Sir Marod wünschte, er könnte sicher sein, ob der Mann vor ihm ein vertrauenswürdiger Freund, ein zu täuschender Feind oder einfach eine neutrale Person war, in deren Gegenwart man diskret blieb, ohne jedoch zu lügen. Er hatte um Erkenntnis gebetet, jedoch keine erhalten. Jetzt betete er nur darum, dass die Götter ihrem alten Streiter die Kraft geben würden, den Verrat seines Schülers zu ertragen, falls Sir Lewin von Trenfar ein Widersacher war.

»Ein Mann hat zu lange gelebt, wenn er seine Söhne begräbt«, lautete ein weit verbreitetes Sprichwort. Sir Marod fand, dass man es auch so übersetzen könnte: »Ein Ritter hat zu lange gelebt, wenn er Ehrlosigkeit unter seinen Zöglingen entdeckt.«

Sir Lewin runzelte die Stirn und der ältere Ritter erkannte, dass er den Anschein erweckt hatte, nicht zuzuhören. Steife Gelenke konnten seine Position nicht gefährden, ein unbeweglicher Geist schon.

»Verzeihung, Sir Lewin«, bat der ältere Ritter. »Ich habe gerade überschlagen, wie weit unser Freund, Sir Pirvan, und seine Begleitung bis jetzt gekommen sein dürften.«

»Bis ins Gebiet der Wüstenbarbaren, wenn sie nicht vom Wetter oder durch einen Zwischenfall aufgehalten wurden«, erwiderte Sir Lewin. »Ich werde jedoch das Gefühl nicht los, dass wir gute Menschen auf eine schlechte Mission geschickt und damit sinnlos in Gefahr gebracht haben.«

»Wie das?«, erkundigte sich Sir Marod.

Sir Lewin runzelte wieder die Stirn. Ein wiederholtes Stirnrunzeln nach so kurzer Zeit bedeutete, dass der jüngere Ritter etwas Gewichtiges auf dem Herzen hatte. Höchstwahrscheinlich handelte es sich sogar um etwas, das selbst Marod einer gründlichen Erörterung unterziehen musste.

Sir Lewins Loyalität und Ehre mochte man in Frage stellen können. Seine Intelligenz jedoch nicht. Wenn er ein Freund war, hatte er Respekt und Antworten verdient; war er ein Gegner, hatte er immer noch Respekt verdient, wenn auch keine Antworten.

»Ich nehme an, es stellt sich die Frage, welche rechtlichen Ansprüche Istar gegenüber den Silvanesti hat«, sagte Lewin. Als Marod den Mund aufmachte, hob er eine Hand. »Bitte hört mich an. Ich weiß, dass die Sprache der Verträge und Abkommen *einigermaßen* deutlich ist, was die Höhe der Steuern betrifft, die Istar bei den Silvanesti erheben darf. Jedenfalls im Vergleich zu dem, was über das Steuereintreiben bei Kendern geschrieben wurde.«

Beide Ritter lächelten. Nur wenige Menschenbehörden machten sich darüber Gedanken, bei Kendern überhaupt etwas einzufordern, was die Kender nicht freiwillig anboten. Die meisten erwähnten Kender nicht einmal. Wer dies doch tat, schrieb gewöhnlich nur einen Ratschlag zur Entmutigung übereifriger, kleiner Beamter, der etwa mit folgenden Worten zusammenzufassen war: *Denkt* nicht einmal daran, Kender zu besteuern. Es ist nur Zeitverschwendung und ärgert die Kender.

»Wir sind uns also einig, dass die Silvanesti-Elfen keine Kender sind, auch nicht vor dem Gesetz«, bestätigte Marod. »Ich nehme an, Ihr wollt darauf hinaus, *was* sie sind.«

Lewin lief rot an, als wäre er immer noch ein junger Ritter der Krone, der von dem Älteren, zutiefst Respektierten getadelt wurde. Marod gelobte, keinen Sarkasmus in seine Stimme zu legen, aber er wusste, dass dieser Vorsatz vergeblich war. Wenn Lewin so weitermachte, würde Marod sich dazu die Stimmbänder durchschneiden müssen.

Was ihn derart beunruhigte, musste einer mittleren Katastrophe gleichkommen.

»Die Silvanesti sind dazu verpflichtet, bestimmte Zahlungen zu leisten«, fuhr Lewin in dozierendem Tonfall fort. »Die Summe wird von ihnen eingetrieben und ist an vier Punkten an den vereinbarten Grenzen den Beamten von Istar auszuhändigen. In den letzten zehn Jahren haben die Silvanesti den Kontakt mit den Menschen jedoch mehr und mehr gemieden. Zu diesem Rückzug gehörte auch die Vernachlässigung der Steuergrenzpunkte, in krassem Widerspruch zum Gesetz. Sofern überhaupt Zahlungen stattfinden, wird das Geld einfach über Nacht dort abgelegt. Wenn die Istarer es vor den Gesetzlosen bemerken, umso besser. Wenn nicht …«

»Ja«, bestätigte Marod im Bemühen, selbst den leisesten Anflug von Ungeduld aus seiner Stimme herauszuhalten. »Darin sind wir uns einig. Auch dass die Steuerzahlungen etwas unregelmäßig geworden sind.«

»Das Schatzhaus von Istar spricht von Rückständen in Höhe von fast drei Millionen Silbertürmen. Ganz zu schweigen von dem, was sie dem Königspriester direkt schulden.«

»Was sie dem Königspriester von Istar *angeblich* schulden«, mahnte Marod ruhig. »Denkt an die Gründe, die die Silvanesti für ihren Rückzug vom Umgang mit den Menschen angegeben haben. Einer davon ist die führende Rolle des Königspriesters bei der zunehmenden Feindseligkeit gegenüber Nichtmenschen.«

»Die Verpflichtung ist dennoch Teil des Gesetzes.«

»Die Verpflichtung gegenüber dem Königspriester kann in Naturalien, in Form von Diensten oder auch in Münzen eingelöst werden«, erinnerte Marod. »Ich gebe zu, dass sie leichter zu berechnen wäre, wenn sie in Münzen gefordert würde. Aber die Silvanesti haben das Recht auf andere Zahlungsformen, und der Königspriester ist verpflichtet, derartige Zahlungen anzunehmen, wenn sie ihm angeboten werden.«

»Wir klingen allmählich wie Richter, die einen strittigen Fall verhandeln«, stellte Lewin gereizt fest.

Marod beschloss, den anderen nicht daran zu erinnern, dass er es gewesen war, der die rechtlichen Fragen angeschnitten hatte. »Wollt Ihr eine Lösung für das Problem vorschlagen, die noch niemandem eingefallen ist? Wenn Ihr eine gefunden habt, dann verlangen Eid, Maßstab, die Götter und der gesunde Menschenverstand, dass Ihr auf der Stelle sprecht.«

Lewin holte tief Luft. »Ich bin der Meinung, dass die Silvanesti einen bedauerlichen Gesetzesbruch begangen haben. Solange sie das Gesetz befolgt haben, ist Istar seiner Verpflichtung nachgekommen, hat alle Steuern von Beamten abholen lassen und keine Steuereintreiber direkt nach Silvanesti geschickt. Wenn Pirvan nun nach Süden reitet, um den Gerüchten über ›Steuersoldaten‹ nachzugehen, die sich an der Grenze versammeln sollen, mischt er sich dann nicht in Istars Recht ein, sein Eigentum einzufordern? Stellt er sich nicht gegen den rechtmäßigen Besitzer auf die Seite des Diebes? Ist das der rechte Weg für die Ritter von Solamnia?«

Marod dachte kurz, dass er sich wohl zu sehr gewünscht hatte, Lewin möge offen reden. Lewins Rede war ein Meisterstück der Reduzierung komplexer Zusammenhänge mit jeweils sorgfältig austarierter Rechtslage auf einfache Schlagworte. Sie war jedes Aufrührers an jeder beliebigen Straßenecke würdig.

Es war verführerisch, so viel zu sagen und zu fragen, ob das Schüren eines Aufstands für einen Ritter von Solamnia der richtige Weg sei. Im Maßstab stand jedoch eine ganze Menge darüber, wie man jeder Versuchung widerstand, ob im Umgang mit Königen oder mit Gossenzwergen.

Dennoch hatte Marod nicht die Absicht, sich Lewin zum Feind zu machen, bevor der jüngere Mann sich selbst dazu erklärte.

»Ihr wollt doch gewiss nicht vorschlagen, dass die Ritter die angeworbenen ›Steuersoldaten‹ begleiten sollen? Ich gebe zu, dass wir schon mal für Istar gegen Barbaren gekämpft haben, aber die Silvanesti *sind* keine Barbaren. Ihr könnt jeden fragen, der versucht hat, diese perfekten Waldläufer und Bogenschützen aus ihrem eigenen Wald zu vertreiben. Falls ihr so jemanden findet, der noch lebt.«

Lewin schüttelte den Kopf. »Die Söldner brauchen auf jeden Fall Disziplin und ich gehe davon aus, dass die Ritter dafür sorgen könnten. Aber Istar hat auch Männer seiner regulären Armee an der Grenze stehen, unter Gildas Aurhinius.«

Lewin sprach den Namen des Istarer Generals aus, als ob dieser für Marod neu wäre. Der ältere Ritter nickte bloß.

»Davon habe ich bereits gehört. Ein guter Mann, auch wenn manche seinen Ruf an die Grenze als Strafversetzung ansehen.«

»Das könnte der Wahrheit entsprechen«, bestätigte Lewin. »Und wenn es tatsächlich so ist, wegen seines Versagens in Waydols Krieg?«

»Wenn es so ist, wäre das eine sehr verspätete Bestrafung seitens der Herren von Istar, wenn man bedenkt, wie lange es her ist, dass der Leichnam jenes Minotaurus dem Meer übergeben wurde. Inzwischen dürfte er wohl zu Hause angelangt sein.«

Lewin konnte seine offenkundige Ungeduld angesichts des Geschwätzes eines alten Mannes nicht verhehlen – oder war es Eifer, der der Vermutung entsprang, dass Sir Marod bald vorzeitig seinen Verstand und seinen Einfluss verlieren würde …?

Vergewissere dich, dass der Eulenbär tot ist, bevor du seine Klauen an deinen Gürtel hängst, junger Jäger.

»All das könnte durchaus wahr sein«, erklärte Marod schroff. »Aber Sir Pirvan ist nahezu der beste Mann, den wir haben, wenn wir erfahren wollen, was wahr ist und was nicht. Selbst sein Vorgehen gegen Aurhinius in Waydols Krieg bedeutet nur, dass er diesen Mann nun besonders gut kennt.«

»Es gibt Aurhinius aber auch Anlass, Sir Pirvan zu hassen«, wandte Lewin fast schon flehentlich ein. »Was Sir Pirvan auch erfahren mag – werden er und seine Gefährten so lange leben, dass sie es uns erzählen können?«

Du hast keine Ahnung, was Pirvan und Haimya schon alles überlebt haben, dachte Marod. Ganz zu schweigen von ihren Gefährten, in diesem Fall unter anderem der Ritter des

Schwerts, Sir Darrin, Erbe des Minotaurus und einer der tapfersten Kämpfer, die je den Eid abgelegt haben, und zwei Handvoll anderer erfahrener Krieger.

»Ich kann den Großmeister nicht bedrängen, die Ritter für Istars Steuereintreiber in den Krieg zu schicken«, befand Marod kühl. »Aber Ihr könntet durchaus Recht haben, dass wir zwei Gruppen brauchen, die beobachten, was in Silvanesti vor sich geht. Pirvan und seine Begleiter reiten von Norden her, durch die Wüste. Es könnte sinnvoll sein, dass Ihr eine ebenso handverlesene Gruppe, die sowohl kämpfen als auch kundschaften kann, von Süden oder Westen dorthin führt.«

»Wenn wir an der Küste landen, würden wir uns innerhalb weniger Tage verirren und wären bald darauf mit Pfeilen gespickt, ohne etwas über die Geheimnisse Istars oder der Elfen zu erfahren«, sagte Lewin. »Ich bitte um Verzeihung, falls dies als Mangel an Mut erscheint, aber ich denke doch, wir streben an, dass eine oder auch beide Gruppen mit dem zurückkehren, was sie herausgefunden haben.«

»Sehr richtig.«

»Dann kann ich mit wenig Begleitung nach Burg Bloten reiten, dort auf Euren Befehl hin weitere Freiwillige und Vorräte mitnehmen und nach Silvanesti weiterziehen. So weit im Süden bieten die Berge andere Möglichkeiten als die besetzten Pässe.«

Die nur den dortigen Führern bekannt sind, dachte Marod, die meisten davon Halfelfen, die natürlich ganz auf der Seite der Silvanesti stehen. Aber das herauszufinden gehörte zu Lewins weiterem Werdegang, selbst wenn solches Wissen von Eid und Maßstab kaum verlangt wurden.

»Ich kann genügend Männer, Pferde und Vorräte bereitstellen, ohne dass jemand Fragen stellt«, bot Marod an, stand vorsichtig auf und verzog das Gesicht, als er sein krankes Bein belastete. »Lasst mich bis heute Abend wissen, was Ihr braucht, dann könnt Ihr Euch übermorgen bei Tagesanbruch auf den Weg machen.«

»Ihr seid zu großzügig, Sir Marod. Ich hoffe nur, ich kann Euch dies in irgendeiner Form zurückzahlen.«

»Lasst Euren eigenen Ruf erstrahlen und tragt zur Ehre der

Ritter bei, das wird mir genügen.« Sie reichten sich die Hände, und Lewin war verschwunden.

Oder besser, dachte Marod, beweist mir, dass ich Euch vor vielen Jahren nicht falsch eingeschätzt habe und dass Ihr nicht zu denen übergelaufen seid, die in den Silvanesti Schafe sehen, welche geschoren werden müssen.

Sir Marod wusste, dass er jenes Rückzugsgefecht gegen die Jahre führte, das jeder Mann, ob Ritter oder nicht, irgendwann verliert. Aber wenn er die Augen zum letzten Mal schloss, wollte er nicht lange darüber nachdenken müssen, was für ein großer Dummkopf er gewesen war.

Lady Eskaias Seife war parfümiert, ihr Badewasser nicht. Das Haus konnte sich noch die beste Seife leisten; krugweise Parfüm jedoch kaum.

Der Spiegel über der Wanne – eines von Jemars Geschenken an sie – zeigte eine Frau, die nicht wirklich wie vierzig wirkte, sondern viele Jahre jünger. Das Silber in ihrem Haar spross mit solcher Würde, dass sie ihm freien Lauf ließ, doch ansonsten hatten die Jahre und fünf Kinder keinen großen Tribut gefordert.

Eskaia drehte einen Hebel. Gurgelnd lief das Seifenwasser in den Abfluss und mit ihm schien ein überraschender Anteil ihrer Benommenheit zu verschwinden. Sie zog an der Kette und ließ das sonnenerwärmte Regenwasser an sich herabfließen, während sie mit den Fingern ihre langen Haare durchkämmte, um sicherzugehen, dass das Wasser auch die Kopfhaut erreichte.

Schließlich war sie sauber und die Wanne aufgefüllt. Nachdem sie sich ein Handtuch um die Haare geschlungen und mit einem anderen Hände und Unterarme abgetrocknet hatte, zog sie das Badetablett heran. Darauf lagen eine Schreibfeder in einem vergoldeten Federhalter, ein kristallenes Tintenfass und mehrere Blätter feinsten Pergaments bereit.

Eskaia tauchte die Feder ein und begann zu schreiben.

Liebe Freunde!
Es ist zu lange her, seit ich zuletzt geschrieben habe, und ich

kann mich nicht einmal damit entschuldigen, dass Kummer oder Ärger mich vom Schreiben abgehalten hätten. Es geht uns allen gut. Gerade eben habe ich Torvik zu seiner wohl schon zehnten Reise absegeln sehen. Bald wird ein erfahrener Seemann anstelle des Jungen stehen, der vor noch nicht langer Zeit auf Haimyas Schoß eingeschlafen ist.

Ich werde dafür sorgen, dass die Geschäfte des Hauses Jemar mir in Zukunft mehr Zeit zum Schreiben lassen. Doch ich bezweifle, dass ich je Zeit finde, den ganzen Weg nach Tiradot zu reisen, besonders mit den Kindern, die ihr bestimmt drei Jahre nicht mehr gesehen habt.

Ich hoffe, die Ritter und euer Gut werden gnädiger sein. Ich würde sehr gerne noch einmal Gerik und die Erbin meines Namens sehen, bevor er in den Klauen der Ritter verschwindet und sie ihren Ehemann oder das Schwert wählt – oder beides, wenn sie so viel Glück hat wie ihre Mutter. Außerdem denke ich an Rubina, die ich bestimmt nicht mehr wiedererkenne – ich weiß noch, wie die Jahre zwischen sieben und zehn meine eigenen Kinder verändert haben.

Eskaia blinzelte gegen die Tränen an, denn diese Jahre hatten ihr auch ihren Sohn Roskas genommen. Die Bäume um sein Grab waren jetzt hoch genug, um es zu beschatten, aber die Erinnerung an den Tag, als man ihn vom Teich herangetragen hatte, schmerzte noch immer wie eine alte, äußerlich vernarbte, aber innerlich nie verheilte Wunde.

Jetzt kam der schwierigere Teil des Briefes, ganz zu schweigen von den Worten, die gefährlicher waren, wenn fremde Augen sie sahen.

Außerdem würde ich gern persönlich mit euch darüber reden, wie es fernab von Istar aussieht. Istar ist sehr ichbezogen: Wenn Istar niest, glaubt es, dass die ganze Welt zum Taschentuch greift.

Ist es wahr, dass der gegenwärtige Königspriester zwar ehrenhaft und tugendsam ist, aber von den Dienern seines Vorgängers umringt wird? Selbst in einem Brief wird über gewisse Dinge der Mantel des Schweigens gebreitet. Doch manche

Nichtmenschen, die in Vuinlod sicherer aufgehoben sind als anderswo, erzählen, dass der Hass auf Nichtmenschen mit jedem Monat wächst.

Ist das der Grund, der hinter den Gerüchten über einen Feldzug nach Silvanesti steckt, oder schulden die Elfen Istar wirklich mehr, als die Lords der mächtigen Stadt einfach ignorieren können? Wir in Vuinlod scheinen von der Wahrheit wie von der Gefahr gleich weit entfernt zu sein.

Tatsächlich ist es so lange her, seit wir uns gegen Piraten vom Meer oder Banditen vom Land her verteidigen mussten, dass die Wache aus lauter Männern mittleren Alters besteht, teilweise fett und faul, kaum geübte Kämpfer. Selbst in einem kurzen Zeitraum könntet ihr, Pirvan, Haimya und Darrin – selbst Gerik oder Eskaia –, ihnen mehr beibringen, als sie je vergessen oder gelernt haben.

Eskaia überflog die letzten drei Abschnitte und seufzte. Sie wünschte, sie könnte deutlicher werden und einfach schreiben: »Ohne einen Bruder ist der Rücken ungedeckt, und wenn ihr hier in Vuinlod wärt, könnten wir einander beschützen.«

Doch das alte Seebarbarensprichwort war nur die halbe Wahrheit. Pirvan und Haimya brauchten ihren Schutz nicht, aber sie brauchten mehr Abstand zu Istar, zu seinen Intrigen, seinen ehrgeizigen Fürsten und zu Königspriestern, die zwar möglicherweise nicht selbst verderbt waren, das Böse bei anderen aber nicht im Zaum halten konnten.

Das brauchten sie. Eines Tages würde die Schwertscheidenrolle nicht mehr ausreichen, um den Frieden zwischen Istar und Solamnia zu erhalten. Irgendwann würde Istar einen ehrlosen Befehl erteilen. Den konnten die Ritter entweder ablehnen und so einen Konflikt heraufbeschwören, oder sie konnten sich unterwerfen, ihre Ehre verlieren und feststellen, dass alle Feinde von Istar auch die ihren waren.

Pirvan würde schon im ersteren Fall genug zu tun haben, wie jeder andere innerhalb der Reichweite von Istars Armee. Tiradot war ein befestigtes Gutshaus, keine Burg; man würde keine Belagerungsmaschinen brauchen, um es wie das alte Schloss in eine geisterhafte Ruine zu verwandeln.

Im zweiten Fall wäre Pirvan ein toter Mann. Nicht einmal ein Befehl der Ritter würde ihn ehrlos oder böse handeln lassen. Dann hätte er Todfeinde unter seinen eigenen Ordensbrüdern.

Haimya und Darrin würden ihn niemals im Stich lassen, ebenso wenig wie Gerik. Die vier wären verloren. Aber Eskaia, Rubina, das Gesinde – sie verdienten eine Hoffnung auf Sicherheit.

Doch wie sagt man einem Ritter von Solamnia, dass er seinen Feinden den Rücken kehren soll, und sei es auch nur für einen Augenblick?

Man spricht es nicht aus, dachte Eskaia, sondern deutet nur an – und betet.

Eskaia las den Brief noch einmal durch. Sie hatte genug Andeutungen eingeflochten und beten würde sie heute Abend in ihren Gemächern. Vorläufig …

Sie klingelte nach den Zofen und rief: »Ich brauche Wachs und einen Briefbeutel.«

Dann schrieb sie hastig:

Wenn ihr keine Zeit findet, eurer Neugier bezüglich Vuinlod nachzugeben, könnte es mir vielleicht doch gelingen, die meine bezüglich Tiradot zu stillen. Mögen die Götter über euch und euren Besitz wachen, bis es so weit ist.

Eskaia

Sie konnte gerade noch die überschüssige Tinte abtupfen und die Bögen falten, bevor ihre Zofen angelaufen kamen.

Kapitel 1

Sein Name war Falkenbruder und er war der vierte Sohn von Rotdorn, Häuptling des Greifenclans der Wüstenbarbaren. Zu Rotdorns Zeit hatten die vielen Barbarenclans sich selbst die Freien Reiter genannt, sogar als die Brunnen ausgetrocknet waren und sie ihre Pferde führen mussten, damit die noch am Leben waren, wenn die Winterregen einsetzten.

Soweit man zurückdenken konnte, hatte noch nie ein Häuptlingssohn, ja, kein anderer Greifenkrieger, je den Namen Falkenbruder getragen, und das aus gutem Grund. Unter den Freien Reitern gab es einen Falkenclan und dessen Beziehungen zu den Greifen ähnelten geradezu einer Blutfehde. Allein Falkenbruder hatte in den vier Jahren, seit er Mantel und Gürtel eines Kriegers angelegt hatte, drei Krieger des anderen Clans erschlagen.

Kein Krieger im Greifenclan legte Wert darauf, einen Namen zu tragen, der ihn im Kampf gegen die Falken schwächen mochte. Auch unter den Frauen hatte es nie eine Falkenschwester gegeben; ein solcher Name hätte eine Greifenfrau den Falken gegenüber freundlicher gesonnen machen können, als man von ihr erwartete.

Aber an dem Tag von Falkenbruders Geburt waren keine zweihundert Schritt vom Greifenlager entfernt zwei Blaukammfalken in einem Schwarzdorngebüsch aus ihren Eiern geschlüpft. Als die Greifen gelagert hatten, damit Rotdorns Frau und andere Frauen in Ruhe ihre Kinder gebären konnten, war es ein Wunder gewesen, dass die Falken nicht geflohen waren und ihre Eier im Stich gelassen hatten. Dass das Schlüpfen der Vögel und die Geburt von Rotdorns Sohn am selben Tag stattgefunden hatten, hatte zu einem Stimmengewirr geführt, so laut wie das Knacken trockener Zweige im Wind des Feuers.

Es hörte erst auf, als Die-den-Himmel-berührt, die weise Frau, zu Rotdorn kam und ihm befahl, den Jungen Falkenbruder zu nennen.

»Warum sollte ich so etwas tun?«, erwiderte der.

Er erhielt die Antwort, mit der er gerechnet hatte.

»Weil ich es befehle.«

Er wusste auch, dass dies nicht die einzige Antwort war, die er erhalten würde. Das Spiel mit Die-den-Himmel-berührt verlief so, dass ein Mann (oder eine Frau; sie behandelte beide Geschlechter mit derselben Herablassung) erst eine Reihe Fragen stellen musste, bis sie endlich eine Antwort gab, die auch normale Leute verstehen konnten.

»Warum befiehlst du es?«

Die-den-Himmel-berührt wirkte angesichts des Geplänkels wenig belustigt. »Ich befehle es, weil ich eine Vision hatte.«

Rotdorn lief es kalt den Rücken hinunter, obwohl es ein heißer Tag war – selbst für das Land der hohen Sanddünen.

Die-den-Himmel-berührt hatte so selten Visionen (jedenfalls redete sie nicht sehr häufig davon), dass junge Leute mit schneller Zunge und langsamem Verstand gelegentlich sagten, man könne sie wohl kaum eine weise Frau nennen.

Die Älteren wussten es besser. Sie erinnerten sich noch daran, dass Die-den-Himmel-berührt die einzige Frau in der Geschichte des Greifenclans war, die Kriegerin, Mutter von Kriegern, Sprecherin des Rats der Frauen und schließlich Schülerin des Sehers der Greifen gewesen war, bis dieser starb und sie in seine Fußstapfen trat. All das hatte sie in weniger als sechzig Jahren erreicht, was für einen Freien Reiter ein reifes, aber kein hohes Alter war. Dazu kamen ihre Leistungen im Klettern, die ihr den Namen gegeben hatten, den sie jetzt führte.

»Darfst du von dieser Vision sprechen, wenigstens mir gegenüber?«

»Vielleicht.«

»Ich bin der Häuptling der Greifen, Die-den-Himmel-berührt. In ihren Augen und in den Augen der Götter trage ich eine schwere Last. Wenn mein Wissen über deine Vision auch nur ein einziges Kind aus unserem Volk retten kann, ist es vor dem Volk und vor den Göttern deine Pflicht zu reden.«

So hatte es Rotdorn seinem Sohn viele Jahre später erzählt: »Ich hätte fast mit dem Fuß aufgestampft wie du, als du klein warst, denn ich sah es nicht als meine Pflicht an, Die-den-Himmel-berührt an Dinge zu erinnern, die sie ebenso gut wusste wie ich.«

Aber Die-den-Himmel-berührt hatte sich nicht geweigert. Sie hatte genickt und gesagt: »Also gut. Wir brauchen einen Häuptlingssohn mit einem so mächtigen Namen. Es wird der Tag kommen, da allen Freien Reitern Gefahr droht, und wenn es dem Falkengeist gefällt, könnten wir diesem Tag dann Seite an Seite mit dem Falkenclan entgegensehen.«

»Weißt du, wann diese Gefahr kommen wird und von welcher Seite?«

»Sie hat bereits begonnen, in der mächtigen Stadt. Wann sie eintreten wird, weiß ich nicht. Aber wir müssen wachsam sein.«

Wieder fügte Rotdorn später hinzu, als er zu einem Sohn sprach, dessen Brust und Schenkel noch den Ruß und die Asche der Mannbarkeitszeremonie aufwiesen: »Damals war ich nicht sicher, was dieses Gerede vom mächtigen Namen sollte, und ich weiß es auch jetzt noch nicht. Hat der mächtige Sturmschwert nicht den Namen ›Greifen‹ für seinen neuen Clan gewählt, um diese Tiere von unseren Pferden fern zu halten? Und hat man je einen Greifen gesehen, der vor einem unserer Pferde oder dem eines anderen Clans abgedreht hat?«

Doch wenn machtvolle Namen auch keinen Einfluss auf Instinkt oder Appetit der Greifen hatten, so waren sie doch nicht völlig von der Hand zu weisen. Deshalb erhielt das Baby den Namen Falkenbruder und wuchs zum Mann und Krieger heran.

Er war der jüngste Sohn, was die Entwicklung seines Denkvermögens wie auch seiner Kampfkünste beschleunigte, denn seine älteren Brüder waren davon überzeugt, dass die Götter ihnen den kleinen Bruder nur geschenkt hatten, damit sie ihn ärgern konnten. Mit den Jahren wurde er stärker, woraufhin die Schikanen aufhörten, aber er wusste dennoch sehr genau, dass er der Letzte und der Geringste unter ihnen war.

Er wusste auch, dass sein Vater zu alt war und zuviel Wert auf den Frieden innerhalb der Familie und des Clans legte, um an dieser Konstellation zu rütteln. Als daher die Nachricht kam, dass Fremde in die Wüste kamen, schickte man Falkenbruder mit einem Trupp Krieger in die Richtung, in der es am unwahrscheinlichsten war, dass er die Fremden antreffen und entweder die Ehre ihrer Freundschaft einheimsen oder den Ruhm des Sieges über sie heimbringen könnte.

Rotdorn hatte seinen vier Söhnen eingeschärft, keinen Kampf mit Menschen anzufangen, die ihnen nicht feindlich gesonnen waren. Die Freien Reiter hatten unterschiedliche Worte für ›Fremde‹ und ›Feinde‹: Wer das nicht hatte, den nannten sie einen Barbaren.

Allerdings kamen diese Fremden aus Istar. Vielleicht nicht aus der mächtigen Stadt selbst, wie die Söldner, die am Rand der Wüste lagerten, seit die ersten Frühlingsblumen aufgeblüht waren, aber Falkenbruder war der Letzte unter den Greifen, der die Vision von Die-den-Himmel-berührt vergessen würde.

Er war so tief in Gedanken darüber versunken, wie er Freund von Feind unterscheiden sollte, dass er fast den Halt verlor, als sein Pferd plötzlich stehen blieb. Entweder hatte niemand es bemerkt oder alle waren höflich. Er konnte seine Decke glatt streichen, dann blickte er in die Richtung, in die Ein-Ohrs muskulöser Arm zeigte.

Die Punkte waren so winzig und dunkel, dass nur die scharfen Augen eines Freien Reiters erkennen konnten, dass über die Kuppe eines fernen Hügels eine Karawane zog. Falkenbruder blickte zur sinkenden Sonne hin, dann zum weißen Mond, der bereits auf der anderen Seite über dem Horizont aufstieg.

Er zeigte zurück und dann nach unten. Zwanzig Greifenkrieger saßen ab, wendeten in ihren Spuren und führten ihre Pferde in eine Mulde hinunter.

Ein-Ohr kam zu seinem Anführer hoch, dessen Manneseide und Prüfungen er bezeugt hatte. Bei Falkenbruders Geburt hatte er sich noch auf seine eigenen vorbereitet.

»Wasser und Futter für die Pferde?«

»Ja. Wir lagern heute Nacht hier. Die einzige Wasserstelle, die diese Fremden vor Einbruch der Dunkelheit erreichen können, ist die Schlucht des Toten Ogers, und bis dorthin kann jeder von uns laufen, ohne durstig zu werden.«

»Und wenn sie weiterziehen?«

»Von Istarern, die bei Nacht durch unser Land ziehen, habe ich noch nie gehört.«

»Es kann vieles geschehen, ohne dass junge Männer davon hören.«

Falkenbruder versuchte, ein finsteres Gesicht aufzusetzen, brachte jedoch nur ein Grinsen zustande. »Für alte Männer gilt das auch«, erwiderte er und beobachtete weiter die fernen Gestalten. »Ich gebe zu, sie scheinen zu wissen, was sie tun, jedenfalls besser als diese Landsknechte, die Istar zur Unterhaltung der Bogenschützen von Silvanesti schickt. Aber wenn sie keine Wüstenpferde haben, können sie nicht über Nacht weiterziehen, ohne Stürze zu riskieren. Außerdem würden sie eine Spur hinterlassen, der noch der jüngste Freie Reiter folgen könnte. Und obendrein ist die nächste Wasserstelle weiter entfernt, als sie kommen könnten, selbst wenn sie bis zum Morgen weiterreiten. Wenn wir ihrer Spur folgen, könnten wir sie vor den Aasgeiern erreichen – oder auch nicht.«

»Sofern sie nicht – wie wir – Wasser bei sich haben«, gab Ein-Ohr zu bedenken.

Falkenbruder runzelte die Stirn. Er wusste, dass er einer Prüfung unterzogen wurde. Er fand, dass es mit solchen Spielchen seit Jahren vorbei sein müsste, und bezweifelte, dass jetzt der richtige Zeitpunkt dafür war.

Nichts davon würde Ein-Ohr aufhalten. Nur der Tod.

»Nun, falls diese Leute auf Wüstenpferden reiten und unsere Wasserstellen kennen, wäre es gut, sie so bald wie möglich kennen zu lernen. Sie werden stark sein, ob Freund oder Feind. Lass uns zusammen Wache halten, die anderen sich um unsere Pferde kümmern. Wenn die Fremden an der Schlucht des Toten Ogers vorbeiziehen, ist immer noch Zeit, sie im Dunkeln zu überholen. Wir haben einige der besten Fährtenleser der Greifen bei uns, ganz zu schweigen von Männern, die darin geübt sind, heimlich in feindliche Lager zu schleichen.«

Falkenbruder erwähnte nicht, dass er zu diesen erfahrenen Männern gehörte. Es stand einem Krieger zu, nach dem Sieg stolze Lieder zu singen, aber diese Nacht würde es vielleicht nicht einmal zum Kampf kommen, geschweige denn zum Sieg.

Sir Pirvan von Tiradot und alle seine Begleiter ritten auf Wüstenpferden. Außerdem führten sie Packesel am Zügel, die Zelte, Decken, Kochgeschirr, Ersatzwaffen und neben ihren eigenen Wasserschläuchen genug Wasser für die doppelte Anzahl Personen trugen. Selbst Rotdorn oder Die-den-Himmel-berührt hätten ihnen dafür Beifall gezollt, wie sie sich für die Wüste ausgerüstet hatten.

Was ihr Fortkommen allerdings nicht beschleunigte. Zum einen war die Wüste weit, und wer Pferde züchtete, um die Ödnis zu durchstreifen, achtete auf Ausdauer und Genügsamkeit der Tiere, nicht auf Schnelligkeit. Wenn dies gelang, waren die Pferde nicht billig (jedenfalls für die, die wenig Geld und noch weniger Geschick im Handeln hatten). Und Pirvans Börse war nicht unerschöpflich.

Außerdem hatte er keine ausdrücklichen Befehle, was sein Ziel anging. Er sollte selbst abwägen, wo er die besten Antworten auf die Fragen fand, die Sir Marod und der Großmeister über die Istarer Steuersoldaten gestellt hatten, die nach Silvanesti marschierten.

Sein bestes Urteilsvermögen hatte ihn bisher nach Süden geführt und den schlimmsten Teil der Wüste auf dem Weg zum Grenzland zwischen Istar und Silvanesti östlich umrunden lassen. Sein Ziel hatte die Ausmaße einer nicht zu kleinen Provinz; er musste es so erreichen, dass seine Pferde und seine Truppe dort noch zu hartem Einsatz fähig waren.

Und schließlich stellte sich das Problem der zwei größten Gefährten Pirvans. Er hätte Grimsor Einauge ungern zurückgelassen, nachdem der Mann darum gebeten hatte, ihn begleiten zu dürfen. Nicht einmal der beste Heiltrank konnte Grimsor wieder in die Lage versetzen, monatelang Seeluft einzuatmen, aber die heiße Luft der Wüste oder die trockene Luft der Berge konnten nichts schaden, sondern würden vielleicht sogar helfen. Solange sein Atem leicht ging, war Grimsor im ernsthaften oder spielerischen Kampf kaum weniger stark als zu der Zeit, als er und Pirvan in Istar der Mächtigen gemeinsam auf Raubzug gegangen waren.

Pirvan hatte Befehl erhalten, Sir Darrin Waydolson, Ritter des Schwerts, mitzunehmen. Das hätte er aber auch ohne Befehl getan, ja, er wäre lieber barfuß von Istar zur Burg Dargaard und zurück gelaufen, als den jungen Ritter zurückzulassen. Nach dem Tod des Minotaurus Waydol, Darrins Ziehvater, hatte er den jungen Mann gefördert; er kannte dessen Vorzüge. Pirvan wusste allerdings auch, dass sein eigener Unterricht mit diesen Vorzügen wenig zu tun hatte, Waydols hingegen viel.

Grimsor war nun magerer als während seiner Jahre auf See, aber nicht kleiner. Darrin war so groß wie ein ausgewachsener Minotaurus, als wäre Waydol durch eine Laune der Götter nicht nur sein Ziehvater, sondern sein leiblicher Vater gewesen.

Wüstenpferde hatten gewöhnlich ein Stockmaß von etwa viereinhalb Fuß. Für Darrin hatten sie eines gefunden, das fünf Fuß hoch war. Sie hatten versucht, für Grimsor ein zweites dieser Größe aufzutreiben, doch das war ihnen nicht gelungen. Sie fanden auch keines, dessen Kraft man auf magische Weise dauerhaft steigern konnte.

»Meine Sprüche haben wenig Macht über Tiere«, hatte ihre Rote Robe, Tarothin, erklärt. »Und dies nicht, weil ich zu wenig weiß oder kann. Selbst wenn ich die richtigen Sprüche beherrschen würde, ist es ihnen eigen, dass sie das bezauberte Tier irgendwann tot umfallen lassen, üblicherweise drei Tagesmärsche vor der nächsten Wasserstelle oder, schlimmer noch, wenn man gerade um sein Leben reitet.«

Trotzdem wäre es gut, den Wüstenabschnitt der Reise hinter uns zu bringen, ehe die Hitze des Hochsommers hereinbricht, überlegte Pirvan. Und es wäre noch besser, schon hinten im Grenzland zu sein, ehe in Istar jemand von unserer Absicht erfährt.

»Macht nichts«, hatte Darrin schließlich gesagt. »Wenn Grimsor in der Lage ist, jeden dritten Tag zu laufen, können er und ich uns ein Pferd teilen.«

Serafina, Grimsors junge Frau, hatte Darrin eine scharfen Blick zugeworfen, der ihn kastriert hätte, wenn er aus Stahl gewesen wäre. »Grimsor geht nur deshalb auf diese Reise, weil er es wünscht und weil ich ihn nicht davon abhalten möchte. Aber wenn er bis Silvanesti laufen soll ...«

»Also gut«, hatte Darrin eingewilligt. »Dann soll Grimsor den großen Rotschimmel allein haben. Ich lade all meine Ausrüstung bis auf Schwert und Dolch auf einen Maulesel. Dann kann ich zu Fuß gehen.«

Pirvan hatte es schon vor vielen Jahren aufgegeben, sich über irgendetwas zu wundern, was Darrin sagte oder tat. Nur sein Mund war kurz weit aufgeklappt, ehe er den Kopf geschüttelt hatte.

»So weit muss es nicht kommen. Lasst uns zwei normal große Pferde suchen, dann kann Grimsor abwechselnd auf ihnen reiten. So kannst du den Rotschimmel nehmen, deine Sachen wie vorgeschlagen auf ein Maultier packen und trotzdem reiten.«

»Es erscheint mir nicht notwendig, ein Pferd zu belasten«, hatte Darrin widersprochen. »Schließlich bin ich gut zu Fuß.«

Angesichts der Tatsache, dass viel von Darrins gewaltiger Größe seinen Beinen zu verdanken war, war das wahrscheinlich richtig. Pirvan hatte den Mann stundenlang mit einem galoppierenden Pferd Schritt halten sehen. Dennoch konnte ein Zeitpunkt eintreten, wo die Gruppe davonpreschen musste, und dann würde ein Mann zu Fuß nicht lange mithalten können.

Das hatte er auch zu Darrin gesagt, der wie ein Knabe errötet war und Hilfe suchend Pirvans Frau, Haimya, angesehen hatte. Sie hatte den Kopf geschüttelt.

»Die Bereitschaft, sich zu opfern, ist ein zweischneidiges Schwert. Man muss sorgfältig damit umgehen.«

»Ich unterwerfe mich Eurem Urteil, Sir Pirvan, Lady Haimya«, hatte Darrin klein beigegeben.

Ob er uns jemals ohne unsere Titel ansprechen wird? hatte sich Pirvan gefragt. Vielleicht an dem Tag, nachdem wir ihn prahlend in einem Freudenhaus angetroffen haben.

Letzten Endes ritt Darrin wirklich, aber nicht jeden Tag. Die Kraft, die er dadurch sparte, benutzte er, um von den Lagerarbeiten mehr zu verrichten, als er musste. Das passte Serafina gut, die halb so alt war wie ihr Mann und in dem großen Mietstall ihres Vaters gearbeitet hatte, bis sie den lungenkranken Seemann geheiratet hatte. Sie war nicht gerade begeistert gewesen, dass er überhaupt auf diese Reise zog, und war Darrin dankbar, dass sie nun mehr Zeit für Grimsors Pflege hatte.

Pirvans und Haimyas Tochter, Eskaia, die nach Jemars Witwe benannt worden war, gefiel Darrins Arbeitseifer weniger. Sie war siebzehn und seit drei Jahren inoffizielle Verwalterin des Gutes Tiradot und sie hatte erwartet, auf dieser lang ersehnten, ersten Reise in Gesellschaft ihrer Eltern denselben hohen Rang einzunehmen.

Die Sonne war eine riesige Feuerkugel am staubverschleierten Horizont, als Ein-Ohr zu Falkenbruder sprach.

»Sie machen an der Kante der Schlucht des Toten Ogers Halt«, stellte er fest. »Vielleicht hattest du Recht.«

»Vielleicht, jedenfalls zum Teil. Aber sie können dennoch wüstenkundig sein, wie du sagst. Es gibt Stellen, an denen man an der Felswand zum Wasserholen heruntersteigen, die Tiere und das Lager aber oben lassen kann. So würde ich es machen, wenn ich an ihrer Stelle wäre.«

Ein-Ohr nickte. Die Freien Reiter hatten nicht viele gute Bogenschützen, da gutes Bogenholz in ihrem Land rar war, aber jeder Stamm verfügte über ein paar. Aber selbst ohne Bogen wäre ein Mann am Rand einer Schlucht einem auf dem Grund überlegen.

»Wenn sie am Rand bleiben, kann keine größere Schar sich vor der Dunkelheit anschleichen«, bemerkte Ein-Auge. Er begann, seinen Gürtel zu lösen, um sein Lendentuch und das Messer abzulegen.

Falkenbruder legte dem älteren Krieger eine Hand auf die Schulter. »Nicht so eilig, mein Freund. Meinen vertrauenswürdigsten Mann brauche ich in Hörweite der Schluchtkante. Dieser Mann sollte seinerseits ein paar Männer in Hörweite haben, denen er vertraut. Ich werde meine Pfeife mitnehmen«, fügte der Häuptlingssohn hinzu. »Ich hoffe, dass das Alter dein Gedächtnis noch nicht so sehr verwirrt hat, dass du alle unsere alten Zeichen vergessen hast?«

Ein-Ohr packte einen von Falkenbruders Zöpfen und tat so, als wolle er ihm ein Ohr abbeißen. »Beleidige die, die wirklich zu alt sind, dich herauszufordern, du Wurm! Aber verschwende nicht Zeit und Worte an den Rest von uns.«

Falkenbruder hörte aus Ein-Ohrs Worten zurückhaltende

Zustimmung heraus. Jetzt war er derjenige, der seinen Gürtel löste.

Die Schlucht erstreckte sich meilenweit nach beiden Seiten hin. Ihre fernen Enden waren von Zwielicht und Dunst verschleiert. Pirvan betrachtete die Farben der Felswände: Ocker und Rot, Safran und ein unnatürliches, fast schwarzes Dunkelblau, dazu ein Dutzend anderer Farben.

Rechts von ihm schrammte Holz über Stein. Ein Schlitten mit gefüllten Wasserschläuchen tauchte über dem Rand der Schlucht auf. Serafina flüsterte ihrem vordersten Maultier etwas zu, worauf die vier Tiere aufhörten zu ziehen. Pirvan hob beide Hände zum Zeichen für die Wasserholer, dass der Schlitten sicher oben angekommen war.

Es war ein leichter Entschluss gewesen, nicht in die Schlucht zu steigen, in der Schatten, Schutz und der direkte Zugang zum Wasser die Menschen in eine Lage lockten, die schnell zur tödlichen Falle werden konnte. Sobald die Schläuche gefüllt waren, wurden sie auf den Schlitten gebunden. Dann kam Serafinas Überredungskunst (und ein gelegentlicher Peitschenknall), den Rest erledigte die Kraft der Maultiere.

Darrin befehligte die Wachtposten, Gerik die Wasserholer und Grimsor und Eskaia überwachten den Aufbau der Zelte. Tarothin hielt auf magische Weise Wache, soweit seine Kräfte dies gestatteten – obwohl er aussah, als hätte er besser im Bett bleiben sollen.

Für Pirvan und Haimya blieb fast nichts mehr zu tun übrig. Als seine Frau sich neben ihn auf den Stein setzte, legte Pirvan den Arm um sie.

»Wollen wir nachsehen, ob aus der Quelle irgendwo schluchtabwärts ein Teich wird?«, fragte er grinsend.

Haimya zog seinen Arm fester um sich und drückte ihm die Hand. Dann legte sie den Kopf an seine Schulter. Das beherrschte sie sehr anmutig, obwohl sie höchstens einen Fingerbreit kleiner war als ihr Mann.

»Ich danke dir für diesen Vorschlag, aber für solche Eskapaden bin ich zu alt«, erwiderte sie.

»Wohl kaum. Ganz gewiss nicht zu alt, um mich zu inspirieren. Wenn ich davon träume, im Sonnenschein oder im Sternenlicht zu schwimmen, träume ich von …«

»Ja?«

»Dir.«

»Schmeichler.«

»Ich habe nur Augen im Kopf.«

Haimya drehte Pirvan das Gesicht zu, um ihn sanft auf Wange und Ohr zu küssen, dann schmiegte sie sich wieder in seinen Arm.

Haimya sah wahrhaftig nicht so aus, als hätte sie eine Tochter im heiratsfähigen Alter und einen Sohn, der alt genug war, bei den Rittern von Solamnia aufgenommen zu werden. Tatsächlich hatte man den Eltern bereits drei vorsichtige Anträge für eine ehrenvolle Vermählung von Eskaia übermittelt, ganz zu schweigen von einigen weniger vorsichtigen und weniger ehrenvollen Anträgen, mit denen Eskaia bisher selbst fertig geworden war, ohne ihre Eltern in endlose Fehden zu verwickeln.

Pirvan hatte die Fünfzig überschritten und Haimya war nur vier Jahre jünger. Selbst wenn sie alle überlebten, würde ihr erstes Abenteuer als Familie vielleicht auch ihr letztes sein. Rubina, ihre eben zehnjährige Tochter, würde später vielleicht noch mit ihren Geschwistern ausziehen, aber nicht mehr mit ihren Eltern, obwohl sie wie ein Drache mit Zahnschmerzen geheult hatte, als man sie zurückließ.

Und schon bald würden Sir Marods Befehle, die Straßen und Wege von Krynn zu erforschen, jüngeren Männern gelten. Gerik konnte zu ihnen gehören, wenn er sich entscheiden konnte, ob er sich zum Ritter ausbilden lassen wollte oder nicht. Vorläufig jedoch hatten sie Darrin, der ebenso ehrenvoll wie stark war und im Kampf so erfinderisch wie furchtbar.

Waydol hatte seinen Erben gut erzogen und die Ritter würden die Früchte der guten Arbeit des Minotaurus ernten.

»Da kommt die letzte Ladung!«, rief Gerik von unten.

Pirvan zeigte mit der Hand an, dass er den Ruf vernommen hatte, dann gab er das Zeichen für Stille – dem er durch dreimaliges Wiederholen Nachdruck verlieh. Gerik antwortete seinerseits mit Handzeichen, dass er verstanden hatte. Pirvan sagte nichts. Mitunter überstieg der Eifer seines Sohnes dessen Weisheit, was mit neunzehn nicht ungewöhnlich war und sich mit der Zeit und durch Darrins Vorbild sicher bessern würde.

Dann kam der Schlitten knirschend in Sicht, dicht gefolgt von den Wasserholern und sogar noch geschoben von Gerik, damit es schneller ging – bis Serafina ihn mit einem Blick bedachte, bei dem kochender Tarbeertee im Kessel gefroren wäre.

Pirvan sah Serafinas Zählbrett an. Alle Wasserschläuche waren gefüllt und sie würden bei Tagesanbruch Zeit haben, jeden nachzufüllen, der heute Nacht geleert wurde. Wieder waren sie den Waffen der Wüste – Hitze und Durst – für einen Tag überlegen gewesen.

Genügend solche Tage und sie würden im Grenzland sein, bereit für Gegner aus Fleisch und Blut. Pirvan ging davon aus, dass dies geradezu ein Kinderspiel werden würde.

Falkenbruder befand sich nah genug am Lager der Fremden, um das Ende ihres Wasserholens mitanzusehen. Dies und vieles andere, was er sah, bewies ihm, dass sie wüstenerfahren waren.

Wie konnte das angehen?

Kaum jemand außer den Freien Reitern kannte sich in der Wüste aus. Die Menschen aus den Ebenen waren an mehr Wasser und Grasland gewöhnt; ihre Felder wuchsen höher und ihre Herden waren größer. Sie konnten sich in den Sand wagen und kehrten manchmal zurück – wenn sie tapfer waren und Glück hatten –, aber nicht immer.

Die Zwerge aus den Bergen im Westen kamen manchmal bis an den Rand der Ödnis, wenn sie Erze für ihre Schmieden suchten. Meistens trieben die Freien Reiter mit ihnen Handel, tauschten Trockenfleisch gegen bearbeitetes Metall, Dornbeeren gegen Zwergenschnaps. Die Zwerge und die Freien Reiter hatten keinen Streit miteinander und blieben normalerweise friedlich.

Die Silvanesti-Elfen dagegen waren den Freien Reitern ebenso wenig zugeneigt wie jedem anderen einschließlich ihrer Verwandten, den Qualinesti und den Kagonesti. Aber sie lebten weitab vom Sand. Der Abstand sorgte für Frieden zwischen dem Elfenreich und den Freien Reitern, wo die Willenskraft nicht ausreichte.

Die meisten anderen Leute trafen die Freien Reiter nur in Form mumifizierter Leichen oder von den Vögeln abgepickter, von der Sonne gebleichter Knochen im Sand. So war es den meisten Istarern ergangen, abgesehen von einigen kühnen Händlern (und es hieß, dass manche davon Wüstenblut in sich hatten, das von weit gereisten Kriegern oder dem einen oder anderen entführten Mädchen stammte, das sich zu nah an die Städte herangewagt hatte). So jedenfalls war es den Istarer Steuersoldaten bisher ergangen.

Wer also waren diese Fremden?

Wenn Falkenbruder hätte wetten können (ein neunzehnjähriger, vierter Sohn hatte wenig, was er verwerten konnte), so hätte er gesagt, dass unter diesen Leuten Ritter von Solamnia waren. Die Freien Reiter hatten mit den Rittern wenig zu tun gehabt, seit die Ritter vor Generationen für Istars Gold und Ruhm gegen die »Barbaren« gekämpft hatten. Viele Ritter oder ihre Knochen zierten seitdem ferne Sanddünen.

Aber diese Ritter waren mit einer kleinen Kompanie gekommen. Sie hatten mehrere hübsche Frauen dabei, von denen eine, die Jüngste, eine echte Schönheit war. Außerdem hatten sie mindestens zwanzig Bedienstete und Wachen, die alle mit Stahl ausgerüstet waren und aussahen, als könnten sie damit umgehen.

Sich auf dem Bauch durch dieses Lager zu schlängeln würde eine beachtliche Leistung darstellen. So beachtlich, dass er nachher etwas mitbringen musste, um es zu beweisen, sonst würde ihn auch seine Stellung als Häuptlingssohn nicht davor bewahren, als Großmaul beschimpft zu werden. Und das konnte mit Blutvergießen enden, was sich die Greifen lieber für größere, künftige Schlachten aufsparen sollten.

Deshalb würde er etwas mitbringen, was über jeden Zweifel erhaben war. Die schönste der Frauen? Nein, ihre Angehörigen würden ihr bestimmt folgen, bis sie gerettet war und Falkenbruders Blut an dem Stahl ihrer Verwandten klebte.

Sie hatten die Tiere abgesattelt und von ihrer Last befreit, aber viel von der Ausrüstung lag in der Nähe des Platzes, wo die an den Füßen gefesselten Tiere geräuschvoll fraßen. Außerdem hatten die Fremden die Tiere, ja das ganze Lager mit Posten umstellt. Sie wurden von einem Riesen befehligt, der wahrscheinlich zu den Rittern gehörte.

Für einen Freien Reiter war all dies jedoch kein Hindernis, sondern eine Herausforderung. Falkenbruder würde sich ins Lager schleichen, ein Pferd mit allem beladen, was er zusammenraffen konnte, und um sein Leben reiten, noch bevor die Posten wussten, was geschah.

Falkenbruder sah zum Himmel auf. Die Nacht verschlang das letzte Licht des Sonnenuntergangs und Monde und Sterne stiegen über dem Zenit zum Dach der Wüste auf. Dann blickte er zurück zu der Stelle, wo vierhundert Schritt entfernt Ein-Ohr hockte.

Gut. Der ältere Krieger war von niemandem zu sehen, dessen Augen die Wüste nicht kannten. Falkenbruder jedoch konnte ihn deutlich erkennen. Der Häuptlingssohn glitt hinter dem Felsen hinunter, der ihn vor den Fremden verbarg, und hob den linken Arm.

Der Edelstein an seinem breiten Armreifen blitzte dreimal auf – zweimal lang, einmal kurz. Ein langer Augenblick, dann kam die Antwort. Dasselbe Zeichen, dann zwei kurze Blitze.

Ein-Ohr wusste, was Falkenbruder vorhatte, akzeptierte es und würde bereit sein. Es würde nicht nötig werden, die Edelsteine noch einmal zu benutzen oder gar zur Pfeife zu greifen. Abgesehen von dem funkelnden Armreif und der Pfeife, mit der man die Rufe unzähliger Wüstentiere und Vögel nachahmen konnte, war Falkenbruder leicht bekleidet und bewaffnet. Er trug einen Lendenschurz und ein ledernes Stirnband mit dem farbigen Zeichen des Greifenclans, eine beschwerte Schärpe und einen Zwergendolch in solamnischem Stil.

An sein Sterbelied hatte er noch keinen Gedanken verschwendet, geschweige denn es gesungen. Er hatte nicht die Absicht, in dieser Nacht zu sterben.

Ohnehin verfügte Falkenbruder über eine Stimme, bei der jeder, der ihn singen hörte, seinem Leben ein Ende setzen würde, wenn dadurch nur wieder gesegnete Stille in der Wüstennacht herrschte.

Kapitel 2

Pirvan hatte vorgehabt, das Lager so aufzuschlagen, dass die Menschen und Tiere innerhalb eines einzigen Postenrings dicht beieinander waren, aber so nah am Abgrund gab es keinen ebenen Platz, der dazu groß genug war.

Der Ritter wählte also die nächstbeste Lösung – einen Platz für die Menschen, einen zweiten für die Tiere, und die Tiere näher am Rand der Schlucht als die Menschen. Damit lagerten die Menschen – Posten und Schlafende gleichermaßen – zwischen den Tieren und der Wüste. Wer einen Überfall plante, konnte vielleicht eindringen, aber es würde ihm schwer fallen, sicher wieder hinauszugelangen.

»Allerdings könnten sie auch auf die Idee kommen, die Tiere über den Rand der Klippe zu treiben, damit wir hier bleiben müssen, bis ihre Freunde kommen«, gab Gerik zu bedenken.

Er flüsterte. In der windstillen Wüstennacht wurden Geräusche weit getragen. Zweifellos hatte jeder im Umkreis von Meilen die Ankommenden gesehen, aber es war nicht nötig, die ganze Nacht ihre Anwesenheit herauszuschreien wie jemand, der in den Straßen von Istar geröstete Nüsse feilbot.

Die Ritter und Tarothin nickten bei Geriks Worten zustimmend. Pirvans Sohn dachte so umsichtig, wie es für einen guten Ritter nötig war, und war auch mit der Waffe gewandt genug. Er hatte sogar feste Ehrbegriffe.

Alles, was ihm fehlte, war der Wunsch, Ritter zu werden.

»Richtig«, sagte Darrin. »Aber wir haben die Tiere angepflockt oder an den Beinen gefesselt. So viele Lederriemen durchzuschneiden würde die Posten aufmerksam machen. Die Wüstenbewohner sind gerissen und listig, aber sie sind keine Schattendoggen.«

Über Tarothins Gesicht glitt ein düsterer Ausdruck. Es war

nicht das kantige Gesicht von früher, und sein Kopf saß auch nicht mehr auf denselben breiten, kräftigen Schultern, die es dem Zauberer als jungem Mann erlaubt hatten, im Gasthof seines Vaters für Ordnung zu sorgen. Tarothin hatte mehr Jahre gesehen als Pirvan und sie weniger gut verkraftet. Die Wunden aus der Arbeit mit mächtigen Sprüchen – ob mit seiner angeborenen Zaubermagie oder mit den Klerikersprüchen, die er sich zum Heilen angeeignet hatte – hinterließen keine äußerlich sichtbaren Narben; diese Verletzungen waren im Inneren verborgen. Aber sie waren real genug und raubten einem Zauberer etwas, das kein Heiler wieder herstellen konnte.

Pirvan kannte diesen Blick. »Sehen wir mal nach, ob eins von den Tieren dich braucht, mein Freund«, schlug er vor und nahm Tarothin fest am Arm. Das war allerdings nicht der beste Vorwand, da die Heilsprüche der Roten Robe nur bei Menschen wirkten.

»Die Pferde und Maultiere sehen gesünder aus als die meisten von uns«, murmelte Tarothin, folgte Pirvan aber trotzdem. Kurz darauf waren sie aus der unmittelbaren Hörweite der anderen gelangt.

»Ich spüre Magie, ganz in der Nähe«, sagte die Rote Robe.

»Welcher Art?«

»Sie ist so schwach, dass ich sie kaum wahrnehmen kann, geschweige denn feststellen, welcher Art sie ist.«

Das ließ Pirvan keineswegs aufatmen. Schwache Zauberkraft konnte zwar auf einen schwachen Magier hindeuten, der nicht einmal einer Fliege etwas zuleide tun konnte (selbst dann nicht, wenn er wollte), sie konnte aber auch von einem ausgesprochen geschickten und tödlichen Gegner herrühren. Die Schattendoggen, die Darrin erwähnt hatte, konnten eine Spur völlig geräuschlos verfolgen – und dann anschlagen, wenn sie lossprangen, um ihre Beute zu umringen und ihr die Kehle aufzureißen.

Pirvan merkte, wie der Schweiß an seinem Hals prickelte. Dieses Gefühl machte ihn noch unruhiger. Es war keineswegs das erste Mal, dass er sich und Haimya als Köder auslegte, um seinen Feind aus seinem Versteck oder gar in eine Falle zu locken.

Aber zum ersten Mal waren Gerik und Eskaia Teil des Köders.

Noch eine Veränderung neben den vielen anderen, die das Vatersein mit sich bringt, dachte er, *selbst für Eltern von Kindern, auf die jeder stolz sein kann.* Wie musste es dann erst für die sein, welche all diese Veränderungen ertrugen und ihre Kinder dennoch scheitern oder versagen sahen?

Bisher hatten die Wahren Götter Pirvan davor bewahrt, es herauszufinden. Er hoffte und betete, dass es auch weiterhin so bleiben möge.

Vorläufig blieb der geheimnisvolle, schwache Zauber, den Tarothin spürte, ein Problem, wie es Pirvan und Tarothin öfter gelöst hatten, als sie an zwei Händen abzählen konnten.

Eine Sternschnuppe blitzte am Himmel auf und überstrahlte einen Augenblick lang selbst die hellsten Fixsterne. Pirvan musterte die Konstellationen. Alle Sterne waren an ihrem Platz; keine himmlische Unordnung kündigte Umwälzungen auf Krynn an. Auch Lunitari war schon vollständig aufgegangen; der rote Mond würde eine Rote Robe wie Tarothin stärken.

»Kannst du nach der Quelle der Magie lauschen? Verzeih mir, falls das nicht der richtige Ausdruck ist«, sagte Pirvan. »Kannst du versuchen, sie zu orten?«

Tarothins faltenreiches Gesicht legte sich durch sein Stirnrunzeln in noch tiefere Falten. Er fuhr mit den Fingern über seinen kahlen, pergamentfarbenen Kopf, als würde er die Haare suchen, die die Jahre ihm genommen hatten.

»Ich kann es versuchen, aber nicht gefahrlos und ohne sichere Aussicht auf Erfolg.« Tarothin sprach in letzter Zeit bescheidener von seinen Fähigkeiten, obwohl sie nicht abgenommen hatten. Die Rote Robe würde es Pirvan sofort mitteilen, wenn es so weit wäre. »Gefährlich wäre es, falls die Quelle lebt, mich entdeckt und zurückschlägt – durch Magie oder durch gewöhnliche Methoden. Erfolglos, falls die Quelle nicht mehr lebt oder nicht an einem bestimmten Ort ist.«

»Alte Magie?« Die Kühle der Wüstennacht schien Pirvan zu durchdringen. Er zügelte seine Fantasien.

Tarothin nickte. »Niemand weiß, was heute unter diesem

Wüstenboden liegt. Oh, es ist bekannt, wer einst hier lebte, bevor hier eine Wüste war – hauptsächlich Elfen und Oger. Aber selbst die Elfen wissen wenig von der Magie ihrer fernen Vorfahren. Nur die Götter wissen, wer vor wie langer Zeit was gezaubert hat und wie viel davon seine Urheber überdauert hat.«

Die Kälte ließ nicht nach, aber Pirvan ignorierte sie einfach. »Die Wüstenb- … die Freien Reiter …«

Tarothin lachte leise. »Du wirst von Tag zu Tag besser.«

»Das will ich auch hoffen«, erwiderte Pirvan gereizt. »Ich will ganz bestimmt nicht aus Versehen für einen Istarer gehalten werden, der die Lügen des Königspriesters über ›minderwertige‹ Völker nachplappert.«

»Am wenigsten von einem Angehörigen dieser Völker«, fügte Tarothin hinzu.

Pirvan stieß eine Mischung aus Seufzer und ungeduldigem Grunzen aus. »Diejenigen, die die Wüste durchstreifen, überleben ganz gut.«

»Wir hören nur von denen, die überleben«, gab Tarothin zu bedenken. »Wer weiß, was hier womöglich ganzen Stämmen zustößt, ohne dass die Außenwelt je davon erfährt? Die Silvanesti wissen vielleicht davon, aber bei allem, was die heutzutage den Menschen erzählen, könnten sie genauso auch gut auf Nuitari leben.«

»Darum reiten wir uns ja auch in diesem Müllhaufen der Götter den Hintern wund«, brummte eine Stimme direkt hinter Pirvan. Als er sich umdrehte, erkannte er Grimsor und legte einen Finger an die Lippen.

Pirvans alter Kamerad murmelte etwas in der Sprache der Seebarbaren und runzelte die Stirn, bevor er leiser weiterredete. »Schon gut, schon gut. Aber wir sind hier, und Tarothin weist nur auf neue Probleme hin, über die wir Übrigen uns niemals Gedanken gemacht hätten, wenn er den Mund gehalten hätte. Was kann er denn zusätzlich noch tun, um uns sicher aus der Wüste zu leiten?«

»Nichts«, erwiderte Tarothin grinsend.

Grimsor wollte in brüllendes Gelächter ausbrechen, hielt sich jedoch gerade noch zurück und schlug Tarothin so fest auf die Schulter, dass der Zauberer taumelte. »Ehrlich wie eh und je, Freund Rote Robe. Na, ich für meinen Teil werde wegen dieser geheimnisvollen Magie heute Nacht nicht schlechter schlafen, auch wenn du mir nicht Namen, Farbe, Lehrer und Stabbeschreibung des Zauberers liefern kannst.«

»Wenn ich das aus meinem Gespür herauslesen könnte«, meinte Tarothin, »könnte ich uns wahrscheinlich zum Grenzland fliegen lassen. So allerdings … Ach, es ist schon spät. Ich halte noch ein Weilchen Wache, dann versehe ich meinen Stab mit einem einfachen Zauber, der mich weckt, wenn Gefahr droht. Stell lieber Doppelposten auf, Grimsor, wenn du das nicht schon getan hast.«

»Der Tag, an dem ich eine Rote Robe brauche, damit sie mir erzählt, wie man ein Lager bewacht …«, setzte Grimsor an.

»… ist der Tag, an dem Serafina mit Drillingssöhnen niederkommt«, beendeten Tarothin und Pirvan seinen Satz.

»Sag das nur nicht zu oft«, fügte der Zauberer hinzu. »Solche Worte haben es in sich, dass sie sich gegen einen wenden, wenn man es nicht erwartet, und einen beißen wie eine Schlange.«

»Gegen Schlangen habe ich einen guten Stock«, wehrte Grimsor ab. Er drehte sich um, sagte aber noch über die Schulter: »Auch gegen Zauberer, die ungebetene Ratschläge erteilen.«

Dann verschwand er in Richtung des Lagers. Als Pirvan bemerkte, dass Tarothin allein Wache halten wollte, folgte er Grimsor.

Gildas Aurhinius, Heerführer im Dienste Istars, erwachte aus einem Traum, in dem eine Sanddüne ihn zugedeckt hatte. Er konnte spüren, wie der heiße Sand seine Glieder bewegungsunfähig machte, seine Brust zerquetschte, ihm in Mund und Nase drang, bis er nicht mehr atmen konnte …

Dann war er wach genug, um zu erkennen, dass er sich in den auf seinem Feldbett gestapelten Decken verheddert hatte. Die Wüstennacht war kalt. Es lagen mehr Decken bereit, als er über sich zog, wenn er sich hinlegte. Seine Diener waren so entschlossen wie eh und je, sich mehr ihren als seinen Wünschen entsprechend um ihn zu kümmern.

So viel zur Allmacht eines erfahrenen Kommandanten auf dem Feld, dachte Aurhinius.

Dann wurde ihm klar, dass ihn doch mehr geweckt hatte als die Decken. Von draußen aus dem Lager kamen Rufe, Flüche, eine Menge Schimpfworte, das Brüllen von Eseln und Maultieren, das Wiehern von Pferden.

Seit er sich mit achtzehn Jahren erstmals den Hauptmannsgürtel umgeschnallt hatte, schlief Aurhinius bekleidet und mit griffbereiten Waffen, sobald er im Feld war. Das tat er immer noch, obwohl sein Gürtel ein ganzes Stück länger, seine Kleider feiner und seine Waffen inzwischen nicht nur nützlich, sondern auch eine Zier waren.

Als die Klappe aufflog, hatte er seine Füße schon auf den steinigen Boden des Zelts gesetzt.

»Ah, Nemyotes. Ich wollte schon nach Euch schicken, damit Ihr mir diesen Aufruhr erklärt.«

Aurhinius' Sekretär nickte. »Ich wäre früher gekommen, aber unterwegs habe ich die Erklärung bekommen. Es handelt sich nur um eine weitere Abteilung Steuersoldaten, die sich uns anschließt. Einige von ihnen hatten lange keinen Wein und haben ihn bei anderen, besser ausgerüsteten Truppen gestohlen.«

Mit einem Schluck aus dem Wasserkrug spülte Aurhinius seinen Mund aus und spuckte dann auf den Boden. Er wünschte, er hätte den Hauptmännern ins Gesicht speien können, die ihre Männer so schlecht anführten.

»Der Kommandant der Wache bittet darum, seine Männer auch nach der Wachablösung auf ihren Posten bleiben lassen zu dürfen. Damit hätten wir doppelt so viele zuverlässige Männer.«

»Hat er vielleicht nach ein, zwei Andeutungen Eurerseits gefragt, dass so etwas mir gefallen könnte?«

»Ich habe nichts gesagt, was ein vernünftiger Mensch als Andeutung auffassen könnte. Beide Hauptmänner sind Männer mit klarem Kopf, die wissen, was zu tun ist, wenn so viel Unordnung herrscht.«

»Und am Dritten jedes Monats verkaufen grüne Drachen ihre Eier auf dem Markt am Platz der Silberschmiede«, bemerkte Aurhinius.

Nemyotes hatte den Anstand zu erröten. Aurhinius lachte. »Gut gemacht. Aber in Zukunft denkt bitte daran, nicht meine Zeit mit Behauptungen zu verschwenden, dass Ihr etwas nicht getan hättet, was Ihr offensichtlich doch getan habt.«

»Ja, Herr.«

Aurhinius legte den Rest der Ausrüstung an, mit deren Hilfe er wie ein General aussah, der Armeen befehligte, nicht wie ein fetter, verschlafener alter Mann, der gerade aus dem Bett kam. Stiefel, Brust- und Rückenpanzer (deren Riemen Nemyotes straff zog), der Helm mit jener rührenden, wenn auch unpraktischen Kinnschnalle aus Gold und Silber, die eine Liebesgabe von Synia war ...

Als Aurhinius sich sein Schwert samt Scheide umschnallte und den Dolch in seinen Stiefelschaft schob, erschollen draußen die Trompeten. Er fuhr zusammen, erkannte dann aber die zeremoniellen Rufe zum Wachwechsel. Die neuen Soldaten marschierten so förmlich zur Ablösung herbei, als ginge es um den Wachwechsel vor den Toren des Königspriesters.

Und natürlich genauso lautstark. Das musste unweigerlich auch dem betrunkensten Söldner auffallen. Wenn so jemand aufmerksam wurde, hatte man schon damit begonnen, ihn wieder an Disziplin zu gewöhnen.

Die Trompeten stießen ein letztes Signal aus, das zum Schluss hin etwas dünn ausfiel, weil ein paar Trompetern die Luft ausging. Dann nahmen die Trommler ihren Platz ein und schlugen einen langsamen, gleichmäßigen Marsch – den, der benutzt wurde, wenn die Fußsoldaten von Istar in die Schlacht zogen.

»Der Hauptmann der Ablösung *ist* ein klar denkender Mann, selbst wenn Ihr das nur so dahingesagt habt«, stellte Aurhinius fest. Diesmal vertuschte Nemyotes seine Irritation, indem er seinem Kommandanten half, zum Zeichen seines Ranges den weiß gesäumten roten Umhang umzulegen.

»Also, gehen wir mal nachsehen, was diese Kerle vorhaben«, sagte Aurhinius.

Nemyotes öffnete die Zeltklappe und trat beiseite, als die Posten vor der Öffnung die stumpfen Enden ihrer Speere in den Kies rammten oder ihr Schwert zum Ehrensalut senkrecht in die Luft reckten.

Als Aurhinius aus dem Zelt trat, übertönte ein schriller Schrei die Trommeln. Es klang wie eine Frauenstimme, und Aurhinius verzog das Gesicht.

»Wenn die neuen Männer entgegen meinem ausdrücklichen Verbot weibliche Begleitung mitgebracht haben …«

»Das hörte sich nicht nach einer Frau an«, warf Nemyotes ein. Er schluckte. »Wenn ich raten soll …«

»Das tun wir alle. Lieber raten als herumstehen und Maulaffen feilhalten.«

»Ein Kender. Ein verletzter Kender.«

Aurhinius hätte gern alle »minderwertigen Rassen« aus den Lagern seiner Männer und der Söldner fern gehalten, in erster Linie zu ihrem eigenen Schutz. Aber was half schon sanfte Überredung bei einem Kender! Das hatte noch nie Erfolg gehabt, weshalb mit Kendern noch schwerer umzugehen war, wenn ein weinbäuchiger, hasserfüllter Dummkopf in einem Kender nur Schwertfleisch sah.

Aurhinius überlegte kurz, wie es um seine Würde bestellt wäre, wenn er sich selbst ins Getümmel werfen würde. Er überlegte auch, was sein nicht mehr ganz junger Magen sagen würde, wenn er sich dazu zwang, sich aus dem Handgemenge herauszuhalten und zu warten, bis andere ihm erzählten, was vorgefallen war. Seinem Magen machte schon die Feldverpflegung zu schaffen; eine solche Qual würde er nie durchstehen.

Immerhin ließ Aurhinius Nemyotes den Vortritt und zog sein Schwert noch nicht. Nichtsdestotrotz fielen sie in Laufschritt, der jeden Augenblick in Rennen auszuarten drohte.

Falkenbruder war neunzehn, ein Alter, in dem ein Krieger oft bereit ist, eher zu sterben als zuzugeben, dass etwas seine Kräfte übersteigt. Allerdings war er weiser als manche seiner Altersgenossen. Auf väterlicher Seite stammte er von sieben Häuptlingen ab, auf mütterlicher Seite von vieren und keiner dieser elf hatte den Ruf eines Schwachkopfs hinterlassen.

Die Greifen lebten neben Ländern, die von Zwergen, Silvanesti-Elfen, Istarern, feindlichen Clans und den Sandgeistern beherrscht wurden, welche die Tiefen der Wüste regierten, ganz gleich, was die Kleriker aus den Städten behaupteten. Angesichts solcher Nachbarn konnten die Greifen es sich nicht leisten, von Narren angeführt zu werden oder solche selbst unter den jüngsten Kriegern zu dulden.

Falkenbruder erkannte bald, dass es nicht leicht war, sich den Tieren zu nähern. Die Posten waren zu gut platziert und zu aufmerksam. Alles, was sie bisher davon abgehalten hatte, ihn zu entdecken, war die Windstille. In einer Nacht, die so still war, dass ein Sandkorn einem senkrecht aus der Hand fiel, wurden Gerüche nicht so leicht weitergetragen.

Falkenbruder überlegte kurz, ob er sich zu Ein-Ohr zurückziehen und mit wenigstens einem Begleiter wiederkommen sollte. Aber das würde ihn zu viel Zeit kosten. Noch kürzer dachte er darüber nach, ein Loch in die Postenlinie zu brechen. Als Häuptlingssohn würde er einen Unschuldigen nicht mit einer Garrotte töten, aber er hatte andere, gleichermaßen sichere Methoden, jemanden zum Schweigen zu bringen, der zufällig am falschen Ort war. Doch ein Mord, ob lautlos oder nicht, würde früher oder später entdeckt werden. Dann würden selbst Fremde, die bisher freundlich gesonnen oder neutral gewesen waren, mit Falkenbruder eine Blutschuld zu begleichen haben.

Er dachte auch daran, zwischen die Zelte zu schlüpfen und dort zu versuchen, etwas über diese Eindringlinge zu erfahren. Dann allerdings würde er vor einem möglicherweise alarmierten Feind fliehen müssen. Er erschauerte kurz bei dem Gedanken, vor jenem langbeinigen Riesen davonzulaufen, der wahrscheinlich auf fast jedem Gelände eine Antilope überholen konnte.

Damit blieb nur der Zugang zwischen den Tieren hindurch und das war die riskanteste Methode. Er musste sich in die Schlucht hinablassen, wie eine Fliege an der Felswand entlangkrabbeln und auf der unbewachten Schluchtseite zwischen den Tieren hochkommen. Und all das musste er lautlos tun oder so weit abseits von aufmerksamen Ohren, dass fallende Steine und schmerzhafte Stürze keinen Alarm auslösten.

Daraus schloss Falkenbruder, dass er sich heute Nacht entweder den Ruf eines umsichtigen, mutigen Kriegers oder den eines dummen Hitzkopfs erwerben würde.

Wenn er zu lange über das Für und Wider aller Möglichkeiten nachdachte, würde er noch den Mut verlieren oder zumindest mit zittrigen Fingern in die Schlucht steigen. Dann würde er überhaupt keinen Ruf haben, weil er weder Feigling noch Held, sondern tot sein würde.

Falkenbruder musterte den mondbeschienenen Rand der Schlucht, bis er eine vielversprechende Felsspalte fand. Sie war auch weit genug vom Postenring entfernt, dass er es noch einmal würde versuchen können, wenn er sich irrte.

Den Bauch wie eine Schlange auf den Boden gepresst, kroch Falkenbruder mit den präzisen Bewegungen einer gut geölten Mühle auf Knien und Ellenbogen auf den Rand der Schlucht zu.

Als Gildas Aurhinius auf den Schauplatz des Aufruhrs (oder wie die Rechtsprechung das auch später nennen mochte) zulief, wusste er, dass er bei diesem Tempo nicht mehr lange eine eindrucksvolle Figur machen würde. Zu viele fette Jahre forderten ihren Preis – und in den letzten zehn dieser Jahre hatte er mehr getrunken, als ein weiser Mann trinken sollte.

Was aber war Weisheit gegen die Enttäuschung, allen Gerechtigkeit widerfahren zu lassen und dabei noch die eigenen Männer zu retten, nur um mit jedem neuen Kommando weiter und weiter von Istar fortgeschickt zu werden? Es hatte drei Jahre gedauert, bis Aurhinius erkannt hatte, wie Waydols Krieg den Rest seines Lebens überschatten würde. Auf dem Feld hatte er Wunden davongetragen, die weniger schmerzten als diese Erkenntnis. Für körperliche Wunden gab es Heiler. Für seelische Wunden gab es nur den Wein.

Nemyotes bildete einen scharfen Kontrast zu seinem Kommandanten. Der Sekretär war klein und feingliedrig, aber er hatte die Geschmeidigkeit und Ausdauer eines Jagdhunds, dazu die kurzen Haare, die Dauerbräune und die Narben eines erfahrenen Kämpfers. Seine Rüstung saß nicht länger wie eine Männerrüstung an einem Jungen; er konnte es sich leisten, sie sich anpassen zu lassen.

Ich habe etwas Besseres vollbracht, als ich wusste, als ich ihn damals an der Nordküste vor dem Ertrinken gerettet habe, dachte Aurhinius nicht zum ersten Mal. *Ich habe Istar zu einem bemerkenswerten Soldaten verholfen und – so die Wahren Götter es wollen – den Königspriestern zu einem vortrefflichen Gegner.*

Mittlerweile hatte sich dem Kommandanten und seinem Sekretär eine stattliche Eskorte angeschlossen. Rund zwanzig Soldaten bildeten ein Quadrat um ihn, liefen aber so dicht gedrängt, dass Aurhinius kaum sah, was vor ihnen lag. Er wollte schon protestieren, als Nemyotes sich durch die Ränge drängte und dabei zwei Soldaten beiseite schubste, die jeweils doppelt so breit waren wie er. Das Quadrat machte Halt, die Soldaten traten beiseite – hielten aber ihre Waffen bereit, wie Aurhinius bemerkte – und der Kommandant durfte das Drama begutachten.

Zwei Kender standen über der Leiche eines dritten – es musste eine Leiche sein, bei solchen Wunden. Kender waren kaum umzubringen, aber selbst sie waren nicht mehr zu heilen, wenn sie von einem Schwert oder einer Axt von der Schulter bis zum Bauch gespalten wurden. Hinter den Kendern stand eine Reihe Soldaten von Aurhinius und dahinter sah er die zotteligen Haare und die Lederhelme der Diebe und Schurken, die man zu Söldnern ernannt und zum Steuereintreiben zu den Silvanesti geschickt hatte.

»Wer ist der Dienstälteste unter den Steuersoldaten?«, fauchte Aurhinius. Es schmerzte seine Zunge wie der Rand eines abgebrochenen Zahns, unter solchen Umständen ordentliche Titel zu verwenden, aber er konnte immerhin höflich beginnen.

»Das bin ich«, sagte eine gespenstisch vertraute Stimme. Ein großer Mann mit reich verzierter Rüstung drängte sich durch, um Aurhinius gegenüberzutreten.

Aurhinius wusste sofort, weshalb ihm die Stimme bekannt vorgekommen war. »Hauptmann Zephros. Wie ich sehe, seid Ihr im Dienste Istars aufgestiegen, seit wir uns das letzte Mal begegnet sind.«

Bei ihrem letzten Treffen hatte Zephros eine Schwarze Robe erschlagen, weil er gefürchtet hatte, dass sie versuchen würde, Aurhinius in einen Zauber einzuwickeln. Mit ihr war viel Wissen gestorben, das Istar gut hätte dienen können. Aurhinius hatte Zephros daraufhin aus seinen Diensten entlassen und gehofft, diese Entlassung würde seine Karriere in der Armee von Istar beenden. Zumindest hatte er darum gebetet, dass ihre Wege sich nie wieder kreuzen würden.

Diese Hoffnung war vergeblich gewesen und die Gebete waren unerhört verklungen, jedenfalls erschien das jetzt so.

»Sieht so aus«, erwiderte Zephros. »Sonst wäre ich nicht als Kommandant dieser neuen Abteilung Steuersoldaten hierher geschickt worden. Ist das die Ordnung, die Ihr in Euren Lagern haltet, Herr?«

»Dies ist nicht mein Lager, wie Ihr genau wisst«, fuhr Aurhinius ihn an. »Seine Disziplin ist Sache seiner eigenen Anführer. Aber derartige Vorfälle gehen jeden an, der an diesem Feldzug beteiligt ist. Sie können uns ungewollte Feinde verschaffen.«

»Kender sind keines Menschen Freund«, stellte Zephros fest. Aurhinius glaubte, die Finger der Kender zucken zu sehen, und bemerkte, dass beide bewaffnet waren.

Gerechtigkeit dürfte in diesem Fall wohl darin bestehen, sie auf Zephros losgehen zu lassen, bis er ebenso daliegt wie ihr Freund, dachte Aurhinius. *Also, vergiss die Gerechtigkeit; denk nach, wie du die Ordnung aufrecht erhältst.*

»Kender«, wandte Aurhinius sich an die beiden. »Was habt ihr über euch und euren Freund zu sagen?«

Einer der Kender (er unterschied sich von seinem Kameraden nur durch sein blau besticktes Hemd) nickte. »Edelthirb wollte einem Verletzten helfen. Er war gefallen und wäre fast zertrampelt worden ...«

»Edelthirb oder der Mann?«, hakte Aurhinius nach. Gleichzeitig sprach er ein stummes Gebet an jeden Gott, den er in einem Atemzug benennen konnte, dass dieses eine Mal ein Kender sich kurz fassen und zur Sache kommen könnte.

Wenigstens dieses Gebet wurde erhört. Anscheinend hatte Edelthirb versucht, einen Bewusstlosen aus dem Durcheinander zu ziehen. (Der Kender bot keine Erklärung für den Grund des Durcheinanders; Aurhinius stellte seinerseits keine Fragen.) Möglicherweise hatte es so *ausgesehen,* als ob der Kender den Mann bestehlen wollte, als er dessen Taschen und Beutel nach verirrten Wertstücken oder Kuriositäten abgetastet hatte.

Dann war Zephros gekommen, hatte sein Schwert gezogen – ein Krummschwert mit stark gebogener Klinge nach Art der Wüstenbewohner – und Edelthirb niedergestreckt. Der Todesschrei des Kenders hatte den Bewusstlosen geweckt, der davongelaufen war und sich nun in der Zeltstadt der Söldner versteckt hielt.

»Na, großartig«, sagte Aurhinius. »Zephros, ist das wahr?«

Er war auf großmäuliges Abstreiten gefasst, weil schließlich kein Kender die Finger zählen konnte, die man ihm vors Gesicht hielt, geschweige denn einen Kämpfer identifizieren. Stattdessen nickte Zephros.

»Es war kein Abtasten, es war klarer Diebstahl. Jeder, der glaubt, dass dies nicht dasselbe ist, kennt Kender nicht. Und Diebstahl ist ein Verbrechen, das ich mit äußerster Härte, selbst mit dem Tod, bestrafen kann. So lauten meine Vollmachten und die der anderen Steueroffiziere.«

Die einfachste Lösung verwarf Aurhinius sofort – mit Zephros zu verfahren, wie dieser mit dem Kender verfahren war. Aber die Anführer der Söldner hatten tatsächlich große Freiheiten bei der Aufrechterhaltung der Disziplin – was wahrscheinlich die einzige Möglichkeit war, einen solchen Haufen Halsabschneider und Schufte überhaupt unter Kontrolle zu halten.

Zephros hatte zumindest einen gewissen Anlass für sein Handeln und deshalb kam seine öffentliche Hinrichtung nicht infrage.

»Diese Vollmacht gilt nur für Leute unter Eurem Kommando«, mahnte Aurhinius.

»Oder zu deren Verteidigung.«

»Habt Ihr den Mann identifiziert, der abgetastet wurde?«

»Nein.«

»Woher wisst Ihr dann, dass er unter Eurem Kommando stand und nicht zu jemand anderem gehörte? Er könnte schließlich ein noch größerer Dieb gewesen sein als jeder Kender.«

»Wollt Ihr damit sagen, dass der Kender unter *Eurem* Befehl stand, Lord Aurhinius?«

Nemyotes lachte so laut, dass alle, einschließlich der Kender, ihn anstarrten. »Freund Zephros, habt Ihr jemals versucht, Befehl über einen Kender zu übernehmen?« Das brachte sogar die Kender zum Lachen.

»Nein, aber mithilfe von dem hier wäre es einen Versuch wert.« Zephros tätschelte den Griff seines Krummschwerts. Erst jetzt bemerkte Aurhinius, dass noch getrocknetes Kenderblut daran klebte.

Er holte tief Luft. »Zephros, Ihr übergebt Eure Truppe Eurem Stellvertreter und steht in Eurem Zelt unter Arrest. Nemyotes, ich wünsche, dass Ihr Zephros' Schwert, Edelthirbs Leichnam und alle Zeugen mitnehmt, besonders das angebliche Opfer, das abgetastet wurde.«

»Angeblich!«, entrüstete sich Zephros. »Es geschah vor aller Augen gewöhnlicher Diebstahl …«

»Ruhe!«, brüllte Aurhinius. Er brachte damit nicht nur Zephros zum Schweigen. Einen Augenblick sah es so aus, als würde die gesamte Wüste auf seine nächsten Worte horchen.

Er wählte sie sorgfältig. »Nach den Gesetzen von Istar sind Diebstahl und Abtasten *nicht* dasselbe. Abtasten ist kein Kapitalverbrechen, nicht einmal auf dem Schlachtfeld. Unbarmherziges Töten jedoch kann eines sein. Ihr seid …«

»So ein Aufstand wegen eines verdammten Kenders!«, fauchte Zephros.

Nemyotes stellte sich rasch zwischen den Hauptmann und die Kender. Sie sahen so aus, als würden sie augenblicklich auf Zephros losgehen.

»Zephros, noch ein Wort von Euch und Ihr werdet festgenommen und in Ketten gelegt, wenn es nötig ist. Ich habe das bisher nicht angeordnet, weil ich auf Eure Ehre als Hauptmann im Dienst der mächtigen Stadt setze. Gebt mir keinen Anlass, meine Meinung zu ändern.«

»Lord Aurhinius …«

»Das waren zwei Worte, Zephros. Meine Geduld ist bald zu Ende. Außerdem solltet Ihr daran denken, dass jemand, der im Krieg einen Vorgesetzten auf dem Feld zum Duell fordert, aus Istars Armee entlassen wird.«

Der Ausdruck auf Zephros' Gesicht bestätigte, dass Aurhinius seine Absicht richtig erraten hatte. Nun salutierte der Hauptmann, machte kehrt und stapfte davon. Aurhinius hoffte, dass er auf sein Zelt zuhielt.

Inzwischen hatte sich ein großer Kreis um Aurhinius, Nemyotes und die drei Kender – den toten und die zwei lebenden – gebildet. Der Sekretär ging etwas in die Knie; mehr brauchte er nicht, um auf Augenhöhe mit den Kendern zu kommen, die beide groß für ihre Rasse waren.

Dann redete er eine knappe Minute lang, ohne dass Aurhinius außer seinem eigenen Namen und »Istar« ein Wort verstanden hätte. Nachdem Nemyotes fertig war, wirkten die Kender nicht viel glücklicher, hatten aber die Hände nicht mehr auf ihren Dolchen liegen.

Ein paar Träger mit einer Bahre drängten sich durch den Soldatenkreis und hielten die Bahre, während die beiden Kender ihren toten Kameraden darauf legten. Aurhinius nickte und die Prozession drehte sich feierlich um und marschierte zu den Zelten der Befehlshaber.

»Was habt Ihr Ihnen erzählt – ich nehme an, das war Kendersprache?«

»Ja.«

»Ich wusste gar nicht, dass Ihr die beherrscht.«

»Ich wollte es auch niemanden wissen lassen. Wo Männer wie Zephros herumlaufen, ist das ein wertvolles Geheimnis. Aber ich wollte sichergehen, dass sie keine Dummheiten anstellen. Jedenfalls bis sie sicher sind, dass ihnen keine Gerechtigkeit zuteil wird.«

Aurhinius senkte die Stimme, sodass nur Nemyotes ihn hören konnte. »Junger Mann, höre ich da eine Drohung aus Euren Worten heraus?«

»Oh, ganz und gar nicht, Herr. So etwas würde mir nie einfallen.«

Dir nicht, dachte Aurhinius, *aber was ist mit den Kendern?*

Hier auf dem blutgetränkten Sand herumzustehen brachte jedoch auch keine schnelle Antwort auf diese oder andere Fragen. Aurhinius hob die Hand und wies seine Eskorte an, sich wieder zu formieren und zu seinem Zelt zurückzukehren.

Wenn er die jetzt noch nötigen Anweisungen zur Untersuchung des Todes des Kenders gab und *falls* der Zwischenfall andere Unruhestifter für diese Nacht einschüchterte, konnte er unter Umständen vor Tagesanbruch sogar noch ein paar Stunden Schlaf finden.

Für jemanden, der die Wüste so gut kannte wie Falkenbruder, war es leicht, über den Rand der Schlucht zu kriechen. Es war aber weniger leicht, an der fast senkrechten Felswand entlang einen Weg zu finden, und es erwies sich als unmöglich, diesen Weg lautlos zurückzulegen.

Falkenbruder selbst verursachte kein Geräusch bis auf seinen Atem und die Schweißtropfen, die trotz der Kühle der Nacht an ihm herunterrannen. Aber Felssplitter und sogar kleine Steinchen bestanden darauf, sich zu lockern und in die Dunkelheit herabzurieseln. Falkenbruders scharfes Gehör erlaubte ihm, ihrem leisen Klickern und Klackern den ganzen Weg bis nach unten zu folgen. Er konnte nur zum Vater des Guten (den andere Menschen Paladin nannten) und zum Sohn des Krieges (anderswo als Kiri-Jolit bekannt) beten, dass oben niemand so scharfe Ohren hatte wie er.

Falkenbruder war ein geübterer Kletterer als die meisten Angehörigen seines Volkes, weil das Klettern für ihn eine Zeit lang die einzige Möglichkeit gewesen war, seinen Brüdern zu entkommen. Das Entlanghangeln an der Felswand in der stillen Finsternis beanspruchte seine Fähigkeiten aufs Äußerste und erforderte seine volle Aufmerksamkeit.

Es war seine Nase, die ihm schließlich verriet, dass er dicht bei den Tieren war, noch ehe seine Ohren das leise Stampfen der Hufe im Sand, das Knarren der Lederriemen und das leise Scharren und Schnauben vernahmen. Er schnupperte und horchte, um festzustellen, ob die Tiere seinen Geruch gewittert oder ihn gehört hatten oder aus einem anderen Grund unruhig waren.

Wenn er erst über den Rand geklettert war, würden ihm nur wenige Sekunden bleiben, ehe die Tiere das Lager warnten. Aber mehr brauchte er auch nicht.

Er hatte Glück. Die Tiere blieben friedlich und er fand festen Halt für einen Fuß, sodass er beide Arme und ein Bein zu einem letzten Satz auf ebenes Gelände einsetzen konnte. Mit straff gespannten Muskeln sammelte er sich und sprang los.

Einen Moment lang hing er in der Luft. Im nächsten Moment war er sicher, er würde abstürzen. Kein Kriegereid konnte den Gedanken an den Absturz aus seinem Geist bannen, auf die Felsen, die einen Mann in einem einzigen Augenblick durchbohren, zerschmettern und zermalmen konnten.

Dann landete er auf steinigem Boden – und ein Stiefel trat dort zu, wo eben noch sein Hals gewesen war.

Falkenbruder ließ sich von seinem Instinkt leiten. Er rollte auf den Fuß zu und rammte zwei Beine, die er festhielt, während er zurückrollte und den Gegner aus dem Gleichgewicht brachte. Der Besitzer der Beine fiel auf Falkenbruder, und der stieß ihm den Kopf unter das Kinn, boxte ihn in den Bauch und versuchte insgesamt, ihn zum Schweigen zu bringen, ohne ihn allzu schwer zu verletzen.

Irgendwann während dieses lautlosen Ringens (bei dem sein Gegner sich einfach weigerte, sich hinzulegen und anstandshalber bewusstlos zu werden) merkte Falkenbruder, dass er mit einer Frau kämpfte. Und zwar keinem Stadtmädchen, sondern einer so entschlossenen und kräftigen Frau, wie es die Kriegerinnen der Greifen waren.

Falkenbruder war erleichtert, einen würdigen Gegner zu haben. Es war ehrlos, mit Frauen zu kämpfen, die hilflos wie Kinder waren. Aber noch die hilfloseste Frau konnte schreien und das würde auch diese hier tun, wenn sie sich nicht aus eigener Kraft von Falkenbruder befreien konnte.

Er hielt seine Widersacherin mit einer Hand fest, während er seinen Dolch samt Scheide zog und umdrehte, sodass er mit dem beschwerten Griff der umhüllten Klinge zuschlagen konnte. Die Frau würde später mit heftigen Kopfschmerzen aufwachen, aber sie *würde* wieder aufwachen und es würde keine Blutrache geben zwischen ihm und …

Falkenbruder flog durch die Luft, als hätte die Frau Fußball mit ihm gespielt. Erst nach einem Augenblick merkte er, dass er mehr gezogen als geschoben wurde. Etwas hatte ihn an Zöpfen und Dolcharm gepackt und hochgehoben, als wäre er ein kleiner Welpe.

Er hing da und der Griff an seinen Zöpfen begann gerade weh zu tun. Hinter ihm waren Schritte zu hören. Dann ein heftiger Schlag, der seinen unteren Rücken vor Schmerz aufheulen (oder eher kreischen) ließ, bis ans Ende der Wirbelsäule raste und von hinten nach vorn durch seine Mitte zog.

Er hörte etwas, das wie der Fluch einer Frau klang, dann eine andere Stimme, die eines Mannes, die näher war.

»Das reicht, Serafina. Er ist hilflos. Wir müssen die Sache auf ehrenhafte Weise beilegen.«

Falkenbruder fuhr herum und starrte in zwei große blaue Augen, die auf gleicher Höhe mit ihm waren – während seine eigenen Füße mehrere Handbreit über dem Boden hingen. Er dachte kurz daran, den Riesen mit dem Dolch in der Scheide zu schlagen, den er noch in der Hand hielt, fürchtete jedoch den Erfolg mehr als ein Versagen.

Der Riese schien immerhin genug von Ehre zu verstehen, um dieses Wort deutlich auszusprechen. Die Frau, Serafina, mochte es ebenfalls kennen, doch ihr Kampf mit Falkenbruder schien sie nicht gerade geneigt zu machen, dies zu zeigen.

»Mein Name ist Falkenbruder, Sohn von Rotdorn, dem Häuptling des Greifenclans von den Freien Reitern«, sagte der Wüstenkrieger. »Ich schwöre bei den Wahren Göttern und allen Häuptlingen, deren Blut ich in mir habe, dass ich euer Angebot annehme, unseren Zwist ehrenhaft beizulegen.«

Dann öffnete er die Hand und sein Dolch fiel auf den Boden.

Kapitel 3

Dicht aneinander geschmiegt lagen Pirvan und Haimya da und überlegten, ob sie einander noch näher kommen sollten, als der Alarmschrei das ganze Lager weckte.

Pirvans Aufstehen war weniger würdevoll, als man von einem Ritter von Solamnia hätte erwarten dürfen. Er kam eher mühsam hoch, anstatt senkrecht in die Höhe zu springen, verfing sich dabei mit einem Fuß in den Decken und wäre fast auf dem Bauch gelandet. Vor diesem Sturz rettete er sich, indem er sich an der Zeltstange festhielt, die allerdings prompt umkippte und das ganze Zelt über ihnen zusammenbrechen ließ.

Dass Haimya zu kichern begann, half ihm dabei nicht gerade weiter. Immerhin beherrschte sie sich und brach nicht gleich in offenes Gelächter aus.

Da Pirvan seinen Lendenschurz noch nicht abgelegt hatte, konnte er sich im Freien anziehen und bewaffnen. Haimya, die noch weniger bekleidet war, blieb unter der Zeltplane, von wo aus sie ihm Kleider und Waffen hinausreichte. Bald erschien auch sie in Hose und Tunika, ein Schild über den Rücken gehängt, Schwert und Dolch im Gürtel.

Keiner von ihnen verschwendete seine Zeit mit Schuhen. Eilig liefen sie zu den Tieren, wo sie jedoch erst nach den meisten anderen Lagerinsassen ankamen, darunter Grimsor Einauge, der Serafina in gleichermaßen fester wie zärtlicher Umarmung umschlang. Es sah aus, als ob er befürchtete, sie würde ihm augenblicklich weggerissen, sobald er sie losließ, aber auch, als wären ihre Knochen aus gesponnenem Glas, so leicht zerbrechlich.

Tarothin hielt eine Laterne hoch, damit ihr magisches Licht nach unten fiel. Er sah kränklicher aus, als durch das abrupte Wecken zu erklären war.

In der Mitte des Lichtkreises stand ein junger Mann, kaum mehr als ein Jüngling, aber mit dem Lendenschurz und den Tätowierungen eines Wüstenkriegers. Er war staubig, zerkratzt und angeschlagen, als wäre er über Klippen geklettert oder von einer in die Tiefe gestürzt. Zu seinen Füßen lag ein langer Dolch samt Scheide im Sand.

Er war nicht gefesselt, stand aber in bequemer Reichweite von Darrin, sodass seine Aussichten auf Flucht kaum besser waren als die eines Gefangenen in einer Kerkerzelle.

Pirvan warf einen Blick auf die Leute am Rand des Kreises und bemerkte, dass Serafina so ziemlich im gleichen Zustand war wie der ... Besucher. Grimsors Gesicht war zu einer wütenden Grimasse verzerrt, wie sie der Ritter bei seinem alten Kameraden selten gesehen hatte.

»Fackeln«, sagte Pirvan.

Grimsor starrte ihn an. »Und das Lager beleuchten, damit die Freunde dieser kleinen Wanze kommen und ihn retten?«

Noch ehe sich Pirvan von seiner Überraschung über Grimsors Erwiderung erholen konnte, antwortete Haimya: »Das war kein Vorschlag, sondern ein Befehl, mein Freund. So, darf ich jetzt mal nach Serafinas Verletzungen sehen? In solchen Fällen sollte vielleicht lieber eine Frau ...«

Der Wüstenkrieger spuckte auf den Boden und zahlreiche Hände fuhren an den Waffengriff. »Ich habe ihr nichts Schändliches angetan«, sagte er mit einer Stimme, die ebenso drohend war wie Grimsors Gesicht. »Es war ein fairer Kampf. Beleidigt mich nicht, indem ihr etwas anderes behauptet!« Er bediente sich der gemeinsamen Sprache, die sich während der letzten Jahrhunderte von Istar ausgehend ausgebreitet hatte. Allerdings hatte er einen starken Akzent, aus dem Pirvan eine Spur Elfisch heraushörte.

»Du bist ein Gefangener, und wir können sagen, was wir ...«, setzte Grimsor an.

»Fackeln«, wiederholte Pirvan. »Und Ruhe. Sir Darrin, Ihr setzt Euch bitte auf den Nächsten, der ohne Erlaubnis spricht.«

Darrin war nicht ganz so groß wie der Minotaurus, der ihn aufgezogen hatte, aber Waydol war damals selbst für seine hoch gewachsene Rasse groß gewesen. Mit seinen sechseinhalb

Fuß war Darrin daher durchaus in der Lage, jeden im Lager zu besiegen, ohne zur Waffe zu greifen oder einen Schweißtropfen zu vergießen.

Zwei Wachen, die Pirvans ersten Ruf nach Fackeln befolgt hatten, eilten herbei. Jede hatte ein ganzes Bündel unter dem Arm. Nach ein paar Augenblicken waren die Fackeln überall herumgereicht und mit Flint und Stahl angezündet worden. Ein flackernder gelber Schein beleuchtete den Schauplatz.

Tarothin setzte die magische Laterne ab. Er sah aus, als würde er gleich über ihr zusammenbrechen. Serafina löste sich aus Grimsors Umarmung und ging zu der Roten Robe.

»Helfen wir Tarothin zu seinem Zelt, mein Mann. Wenn er dann glaubt, dass ich einer Heilung bedarf, werde ich nicht ablehnen. Aber er muss seine Kräfte einteilen.«

Tarothin wollte protestieren, aber die anderen beiden nahmen den Zauberer jeder an einem Arm und zogen ihn auf die Beine; ja, Grimsor hätte ihn fast vom Boden gehoben. Sie verschwanden in Richtung der Zelte. Pirvan fragte sich, ob Serafina wohl warten würde, bis Tarothin schlief, ehe sie ihrer Zunge freien Lauf ließ. Es wäre nicht ihr erster Streit, der daraus entsprang, dass Grimsor übermäßig beschützend reagierte.

Pirvan wusste, dass sein alter Freund erst sehr spät damit angefangen hatte, sich mit Frauen abzugeben, die darauf bestanden, auf eigenen Beinen zu stehen – und jedem Mann vor die Schienbeine traten, der ihnen dieses Recht absprach.

Der Ritter wandte sich an Falkenbruder. »Nun, wir haben jedem ehrenhafte Behandlung zugesichert – das Wort eines Ritters bindet alle seine Gefährten …«

»Also seid Ihr tatsächlich Ritter von Solamnia.«

»Ritter des Schwertes, alle beide«, bestätigte Pirvan. »Aber höre mich an, ehe du wieder sprichst. Du hast dich angeschlichen wie ein Dieb oder Mörder und ich wette, dass du es auf unsere Pferde abgesehen hattest.«

»Ja, aber nur, um zu erfahren, was Ihr in der Wüste zu suchen habt. Und um Euch daran zu erinnern, dass das hier das Land der Freien Reiter ist.«

»Wir brauchen keine solche Erinnerung – und wir brauchen alle unsere Tiere«, erklärte Pirvan. »Deshalb können wir dich nicht einfach freilassen. Wir sehen allerdings auch keinen Sinn darin, dich hier festzuhalten. Keinen Sinn, sondern sogar viel Gefahr. Ich möchte eine weitere Wette eingehen, dass du in Bogenschussweite genug Kameraden hast, um uns einen guten Kampf zu liefern, wenn es so aussieht, als müsste man dich retten.«

Falkenbruder nickte nur.

»Gut. Ich schlage einen Zweikampf vor, ich gegen dich. Er wird hier und jetzt im Fackellicht stattfinden, bis einer von uns ›Halt!‹ ruft. Wenn du gewinnst …«

»Pirvan!«, riefen Haimya und Darrin gleichzeitig aus. Es dauerte einen Augenblick, ehe dem älteren Ritter klar wurde, dass Darrin ihn zum ersten Mal ohne seinen Titel angeredet hatte.

»Entschuldigt bitte«, sagte Pirvan, »ich war noch nicht fertig. Eid und Maßstab erlauben euch nur, mir zu widersprechen, wenn ich schon fertig bin.«

Genau genommen banden Eid und Maßstab nur Darrin. Haimya war nur durch zwanzig Jahre der Liebe gebunden, die sie selten davon abhielten, ihre Meinung zu sagen.

Diesmal hatte Pirvan Glück. Beide ließen ihn die Bedingungen für den Kampf erläutern.

»Wenn du gewinnst, kannst du ungehindert von hier fortgehen, bereichert um alles, was du erfahren hast, und eine Botschaft an deinen Vater. Wir könnten sogar ein Pferd dazugeben, damit du vor deinen Kameraden deine Ehre wahren kannst. Wenn ich dagegen gewinne, bleibst du als Ehrengast bei uns. Du wirst Heilung, Essen, Trinken und ein Zelt erhalten. Ich verlange nur, dass du uns zu deinem Vater führst und ihn dazu überredest, offen mit uns zu sprechen. Ihr wollt mehr über die erfahren, die nach Süden marschieren, um in Silvanesti Steuern einzutreiben. Das wollen wir auch. Wenn wir einander bewiesen haben, dass wir ehrenhafte Krieger sind, können wir vielleicht gemeinsam nach diesem Wissen forschen.«

Falkenbruder runzelte die Stirn. Das war die Gelegenheit für Darrin. »Steht es nicht mir zu, gegen Falkenbruder zu kämpfen, Sir Pirvan?«, fragte er. »Ich war der Erste, der ihm ehrenvolle Behandlung zugesichert hat. Ich war auch der Erste, der ihn in die Hände bekommen hat.«

»Eigentlich war Serafina, die Frau des Einäugigen, die Erste«, stellte Falkenbruder richtig. »Aber ich werde nur mit ihr kämpfen, wenn sie es wünscht.«

Pirvan lächelte, nicht nur über Falkenbruders Höflichkeit, sondern auch über Darrins, der nichts über Pirvans Alter gesagt hatte. Hätte Pirvan jung geheiratet, so hätte er einen Sohn in Darrins Alter haben können.

»Das ist eine andere Sache«, befand Pirvan. »Ich beanspruche das Recht auf diesen Kampf, Darrin, damit es für Falkenbruder gerechter zugeht. Du bist doppelt so groß wie er und zweifellos mit jeder Waffe wie auch mit bloßen Händen fast ebenso geübt wie er. Wenn ich aber gegen ihn kämpfe, kämpft ein Mann, der seine besten Jahre hinter sich hat, gegen einen, der diese noch vor sich hat. Seine Wendigkeit gleicht meine Erfahrung aus. Jeder Zuschauer wird etwas haben, woran er sich für alle Zeiten erinnern kann.«

Haimyas Blick zeigte beredt, wie wenig unterhaltsam sie die Aussicht fand, dass ihr Mann vor ihren Augen sein Leben aufs Spiel setzte und womöglich verlor. Sie schien jedoch bereit zu sein, ihre Zunge im Zaum zu halten – und da sie ebenso auf Ehre hielt wie jeder Ritter, würde sie gegen jeden Verräter mit Stahl vorgehen.

»Dann lasst uns anfangen«, willigte Falkenbruder ein. »Mein Blut und meinen Eid darauf. Schwerter oder Messer?«

»Messer«, entschied Pirvan. »Sonst würdest du eine Waffe benutzen, die deinen Händen nicht vertraut ist, und das könnte mich zwingen, dich zu töten, um mich selbst zu retten.«

»Dann also die Messer«, bestätigte Falkenbruder. »Aber haltet mich nicht für einen grünen Jungen. Ihr könnt kaum schlimmer sein als meine Brüder!«

Darrin gab Falkenbruder den Dolch zurück, und Pirvan zog seinen eigenen. Die Wachen mit den Fackeln verteilten sich, bis sie ein Viereck mit jeweils vierzig Schritt Seitenlänge gebildet hatten.

Bevor Pirvan seine Runde machte, um die Verfassung seiner Männer zu prüfen, hob er seine Waffe, um Falkenbruder zu grüßen. Der Krieger erwiderte die Geste formvollendet.

Es könnte schlimmere Gegner für meinen letzten Kampf ge-

ben, dachte Pirvan – *wenn es denn diesmal wirklich so weit sein sollte.*

In dieser Nacht fand Gildas Aurhinius keinen Schlaf.

Aber viele Besucher fanden ihn. Er hielt es für klug, sie nicht von Nemyotes abwimmeln zu lassen. Zu viele seiner Hauptmänner übersahen die Narben seines Sekretärs und hielten ihn für einen kritzelnden Beamten, der Soldat spielte. Auch stammte er aus einer Familie, die ihre Feindseligkeit gegenüber der Macht des Königspriesters offener zeigte, als ratsam war. Nur der milde Charakter des gegenwärtigen Königspriesters hatte einige von Nemyotes Verwandten vor Arrest oder Exil bewahrt. Gildas Aurhinius wollte seinen Feinden die Chance geben, ihn selbst anzugreifen, anstatt den feigen Weg über Nemyotes einzuschlagen.

Diejenigen, die im Laufe der Nacht zu Aurhinius kamen, schienen zwei Fraktionen anzugehören. Die eine war zutiefst entsetzt über seine Frechheit, Zephros zu beleidigen, einen Mann, den die rachsüchtigen und ehrgeizigen Anhänger des letzten Königspriesters für seinen Posten ausgewählt hatten. Und all das wegen eines toten Kenders!

Diese Leute erinnerte Aurhinius höflich, aber deutlich daran, dass es hier nicht um die Laster von Kendern, sondern um eine Frage der Disziplin ging. Eine Armee ohne Disziplin oder ein Feldzug mit undisziplinierten Soldaten war nicht nur wegen des Feindes gefährlich.

Wollten sie etwa, dass er vor Raufereien und Missständen die Augen verschloss, bis nicht einmal mehr ihre eigenen Soldatinnen und Mägde vor den Steuersoldaten sicher waren? (Hauptmann Floria Desbarres war immerhin verständig genug, ebenso rot zu werden wie ihre Haare, als Aurhinius ihr diese Worte entgegenwarf.)

Die andere Fraktion, die kaum kleiner war als die erste, kam, um Aurhinius zu loben und ihn zu bedrängen, noch härter durchzugreifen. Mit diesen Leuten sprach er freundlicher, weil sie seiner Meinung waren, sagte aber praktisch dasselbe wie zu den anderen.

Der Fehler von Zephros und anderen wie ihm bestand nicht

darin, dass sie Kender hassten oder andere – »gewisse Parteien«, wie Aurhinius den Königspriester zu umschreiben pflegte – zu sehr liebten. Das Problem war, dass sie die Notwendigkeit der Disziplin nicht begriffen, ohne die eine Armee nur ein Mob war. Und ein Mob so nah an der Wüste war praktisch ein Haufen toter Männer, die nur auf den Ort warteten, an dem sie umfallen konnten.

Er würde Zephros so hart bestrafen, wie es zur Aufrechterhaltung der Disziplin notwendig war, nicht mehr und nicht weniger. Die Hauptmänner sollten sich diese Warnung merken und an ihre Soldaten weitergeben.

Keine Fraktion verließ Aurhinius' Zelt leichten Herzens, was zweifellos mit dem Umstand zu tun hatte, dass es bereits auf den ersten Hahnenschrei zuging. Außerdem war der Himmel bewölkt, sodass beide Monde und die Hälfte der Sterne ihren Blicken verborgen blieben.

Aurhinius betrachtete schon sehnsüchtig seine Pritsche, als Nemyotes eintrat. Der Sekretär trug einen langen Beamtenmantel und runzelte die Stirn.

»Sagt nichts«, stieß Aurhinius hervor. »Ihr seid gekommen, um mir mitzuteilen, dass ich Zephros nicht festnehmen kann.«

»Wie habt Ihr das erraten, Herr?«

Aurhinius wünschte, er könnte seinen Ohren nicht trauen. Stattdessen versuchte er, den schlechten Nachrichten zuvorzukommen, indem er sagte: »Für Scherze ist es zu spät oder zu früh. Wählt und schweigt.«

»Verzeihung, Herr, aber ich scherze nicht. Der Marschbefehl, auf dessen Grundlage Zephros seine Truppe zusammengestellt hat und nach Süden marschiert, ist sehr detailliert. Ihr habt nicht das Recht höherer oder mittlerer Rechtsprechung über ihn oder die ihm verpflichteten Männer, sofern bei dem Fall kein Verbrechen gegen einen Mann begangen wird, der sich zum regulären Dienst an Istar verpflichtet hat.«

Aurhinius sah einen Lederbeutel unter Nemyotes Arm. »Ist das eine Kopie des Marschbefehls?«

»Ja. Sie hat mich …«

»Was Ihr dafür auch ausgegeben habt, nehmt es aus meiner Schatulle. Morgen früh, bitte.«

Die Kopie von Zephros' *Hauptmannspatent für Steuersoldaten* war genauso unerfreulich zu lesen, wie Aurhinius befürchtet hatte. Nemyotes' Einschätzung war wie üblich richtig. Der Mann hätte einen ausgezeichneten Rechtsanwalt abgegeben.

»Sehr gut«, sagte Aurhinius schließlich. Er widerstand dem Drang, die Vollmacht in Stücke zu reißen. »Ich nehme an, dass man es nicht so auslegen kann, dass der Kender Edelthirb im regulären Dienste Istars gestanden hat?«

Nemyotes schüttelte den Kopf. »Ich habe mich erkundigt. Er war nicht einmal als Dienstbote für einen unserer Leute eingetragen.«

Aurhinius verschwendete keinen Atemzug auf ein Stöhnen. Tatsächlich war ein Kender als registrierter Dienstbote einer Armee von Istar etwa ebenso wahrscheinlich wie die Vorstellung von Takhisis, der Königin der Finsternis, als Jungfrau.

»Na gut«, sagte er schließlich. »Wir müssen uns mit dem zufrieden geben, was wir tun können. Beschützt die zwei übrigen Kender, als wären sie hochrangige Kleriker.«

»Das werden wir, wenn wir sie finden«, erwiderte Nemyotes.

»Wenn ihr … Oh, zum Abgrund damit!«, fluchte Aurhinius. »Aber wenn ich Zephros nicht davon abhalten kann, sich frei zu bewegen, kann ich ihn immerhin bewachen lassen. Man soll Wachen so aufstellen, dass sie sein Zelt pausenlos beobachten können.«

»Äh … das dürfte nicht so einfach sein«, wandte Nemyotes ein.

»Ich erwarte, dass schwierige Fragen gelöst werden. Wenn Ihr gesagt hättet, es sei unmöglich …«

»Das könnte durchaus sein, Herr. Zephros hat sein Lager ein ganzes Stück entfernt von uns aufgeschlagen. Jede Annäherung wird bereits von seinen Posten bemerkt. Es scheinen handverlesene Männer zu sein und mehr erfahrene Soldaten, als man unter einem solchen Hauptmann erwarten würde.«

Nicht, wenn der Königspriester bei ihrer Rekrutierung geholfen hat, dachte Aurhinius. Er fragte sich, ob Zephros' Truppe in Wahrheit womöglich die angeblich verbotene Miliz der

Schweigenden Diener war, die man wie eine alternde Geliebte mit einem neuen Gewand und neuem Geschmeide ausgestattet hatte.

»Na gut. Dann haltet wenigstens ein paar vertrauenswürdige Männer bereit. Es sieht nach Sturm aus. Auch dem besten Posten der Welt dürfte es schwer fallen, einen Eindringling aufzuhalten, wenn ihm Regen oder Sand ins Gesicht schlägt.«

»Ja, Herr.«

Aurhinius nickte verabschiedend. Als Nemyotes das Zelt verließ, merkte Aurhinius, dass er immer noch nickte. Sein Kopf kam ihm für diesen Hals zu schwer vor. Er stemmte sich vom Tisch hoch, stolperte über seinen Stuhl und erreichte gerade noch das Bett, ehe seine Beine unter ihm nachgaben.

Als Nemyotes mit zwei Dienern hereinkam, um seinen Kommandanten zu entkleiden und es ihm bequemer zu machen, wachte Aurhinius nicht auf.

Pirvan ging davon aus, dass Falkenbruder das Gelände bereits in Augenschein genommen hatte, während er unter Darrins wachsamem Blick gefangen gesessen hatte. Das jedenfalls hätte er anstelle des jungen Mannes getan, und er durfte nicht davon ausgehen, dass der Sohn eines Wüstenhäuptlings weniger klug war als ein Ritter des Schwerts.

Aus den Chroniken der Schlachten, die die Ritter für Istar gegen die »Barbaren« geführt hatten, ging hervor, dass diese als Gegner nie zu unterschätzen gewesen waren. Die Ritter hatten immer gesiegt, aber die Siege waren sie und Istar teuer zu stehen gekommen.

Heute Nacht würde wenigstens kein Vermögen ausgegeben werden und keine Seite konnte so leicht ihre Ehre verlieren – wie es den Rittern mitunter ergangen war, wenn sie für Istar angetreten waren. Vielleicht würde Blut vergossen werden, aber wenn die Götter gnädig waren, nicht unbedingt viel.

Pirvan umrundete den Kampfplatz und schaute im Vorbeigehen jedem Mann ins Gesicht. Gut. Keiner sah so aus, als würde er dumme oder verräterische Pläne hegen. Er hoffte, keiner würde ihn entehren, selbst wenn er sichtlich in Lebensgefahr schweben sollte.

Hier ging es aber um viel mehr als nur um seine eigene Ehre. Noch stand zwischen dem Königspriester und der absoluten Macht das Vertrauen, das die Menschen in die Ritter von Solamnia hatten. Jeder Ehrverlust eines Ritters schwächte diese Barriere. Selbst wenn am Ende dieser Nacht Haimya und die Kinder seine Leiche beweinen sollten, wäre das noch ein fairer Preis dafür, diese Barriere aufrechtzuerhalten.

Er wechselte einen Schulterdruck mit Darrin, als er auf einem Flecken Erde stand, der sich wie eine harte Kruste über etwas Weicherem anfühlte. Hier konnten er und der jüngere Ritter sich sogar umarmen, ohne dass Pirvan sich auf die Zehenspitzen stellen oder Darrin sich wie ein Buckliger herabbeugen musste – allerdings hatten sie dazu einige Jahre üben müssen.

Dann stand Pirvan seiner Familie gegenüber. Plötzlich erschien ihm der Preis, sie über seiner Leiche weinen zu lassen, gar nicht mehr so gering, selbst für die Ehre der Ritter oder den Sturz des Königspriesters.

Er dachte an eine Warnung von einem seiner ältesten und klügsten Lehrer.

Wenn du in deine Ehre oder deinen Ruf verliebt bist, mag der Tod leicht erscheinen. Für dich ist er das vielleicht. Wenn du kein zu Lebzeiten erbärmlicher Narr warst, wirst du wie Huma und die alten Helden dem Himmel oder der Erde übergeben.

Es sind die, die du zurücklässt, die klagen werden. Für sie wird dein Tod schwerer wiegen als ein Berg und deine Ehre kann leichter erscheinen als eine Feder, wenn sie daran denken, wie sehr sie dich vermissen.

Bezahle die Ehre aus deiner eigenen Tasche, nicht durch Anleihen bei anderen.

Wenn ich heute Nacht sterbe, dachte Pirvan, *werde ich nicht bei Haimya sein, wenn sie Großmutter ist. Ich werde nicht sehen, wie Gerik zum Ritter wird oder einen anderen ehrbaren Lebensweg wählt. Ich werde nicht sehen, wie Eskaia zu voller Schönheit heranreift und einen Mann heiratet, den ich ganz bestimmt nicht für ihrer würdig halte. Ich werde beim Kampf an all das denken und weder mein Leben noch meine Ehre achtlos wegwerfen.*

Pirvan beendete seine Runde und trat in die Mitte des Kampfplatzes, keine Bogenlänge von Falkenbruder entfernt. Der junge Krieger sah aus wie aus Bronze gegossen.

»Ich glaube, es wird Zeit, Freund«, sagte Pirvan.

»Zeit ist es – Freund, wenn die Götter so wollen«, erwiderte Falkenbruder.

Der wirft ganz sicher weder sein Leben noch seine Ehre weg, dachte Pirvan. *Das ist ein Sohn, auf den jeder Vater stolz sein könnte.*

Pirvan erhob die Stimme. »Sir Darrin, bitte das Kommando.«

Einen Augenblick glaubte Pirvan, der junge Ritter würde damit herausplatzen. Dann aber zog Darrin sein Schwert, warf es hoch, fing es am Griff auf und hielt es senkrecht hoch.

In hohem Bogen zog Darrin die Klinge nach unten, bis die Spitze den Boden berührte. Dann rief er mit lauter Stimme: »Anfangen!«

Zwei Kender hatten hinter einem Felsen gehockt und von beiden Seiten dahinter hervorgespäht. Jetzt prasselte der Regen auf den Felsen herunter, getrieben von einem kräftigen Wind, der beide wünschen ließ, sie wären in einem Wald oder an einem anderen, bewohnten Ort. Sie huschten in den besseren Schutz eines anderen Felsens zurück, der ein trockenes Bachbett beschirmte.

Vom Lager hatten sie genug und es enthielt nichts mehr, wofür es sich lohnte, triefend nass zu werden. Außerdem gab es in einem Menschenlager keine echten Freunde und trockene Kleider wohl auch nicht mehr.

»Wir könnten Feuer machen«, schlug der eine Kender vor. Sein Name war Horimpsot Altdrache und trotz seines Namens war er kaum alt genug zum Reisen.

Der andere Kender bedachte ihn mit einem säuerlichen Blick. Er war mehr als alt genug zum Reisen und tatsächlich weiter herumgekommen als die meisten Kender. Eine Reise hatte ihn einst in das Lager eines Minotaurus mit dem Namen Waydol geführt, dem er bis an dessen Lebensende treu gedient hatte.

Sein Name war Imsaffor Sauseschritt.

»Womit?«, fragte Sauseschritt. »Und womit zünden wir es an? Und wo zünden wir es an, damit es keiner sieht, bevor wir warm sind?« Alles, was er zur Antwort bekam, war ein verständnisloser Blick. »Ach«, fügte er hinzu. »Du bist also ein Zauberer, der solche Fragen einfach ignorieren kann?«

»Jetzt bist du gemeiner, als dir zusteht«, beklagte sich Altdrache. Es klang geradezu jämmerlich und Sauseschritt merkte, dass er vielleicht ein wenig zu weit gegangen war. Im Gegensatz zu Altdrache war dem älteren Kender die Erfahrung erspart geblieben, nach nicht einmal der Hälfte seiner ersten Reise mitansehen zu müssen, wie ein Kamerad getötet wurde. Der junge Kender hatte ein Recht darauf, unglücklich zu sein, solange er deswegen nichts Gefährliches unternahm.

Das hieß für einen Kender eine ganze Menge. Sauseschritt war nicht vorsichtiger als die meisten Angehörigen seines Volkes, aber er wusste, dass mitunter selbst ein Kender Acht geben musste, wenn er am Leben bleiben wollte.

Zum einen hatten sie wegen Edelthirbs Tod noch eine Rechnung mit Zephros zu begleichen.

Zum anderen mussten sie jemanden warnen, der zuhören würde, dass Leute wie Zephros durch die Wüste zogen. Im Lager wussten alle Bescheid, deshalb mussten sie verschwinden, um die Warnung weiterzuverbreiten.

Aber wer würde ihnen zuhören? Zwerge zogen sich gewöhnlich in ihre Höhlen zurück und warteten dort die Torheiten der Menschen ab. Silvanesti-Elfen hielten es in ihrem Wald genauso. Andere Kender gab es in diesem Land kaum.

»Wir ziehen zur Zitadelle Belkuthas«, beschloss Sauseschritt. »Wir brechen sofort auf. Krythis und Tulia reden mit jedem. Das bedeutet, dass sie auch jedem zuhören müssen, sonst würde niemand mit ihnen reden. Wir bringen ihnen die Warnung.«

»Tun wir das? Was ist mit Edelthirb? Man hat ihn nicht anständig begraben und die Menschen werden das nicht übernehmen, deshalb ist es unsere Pflicht …«

»Ach, sei still. Nur lebende Kender können einen toten begraben. Man wird uns selbst begraben, wenn wir nicht bald losziehen.«

Altdrache schien immer noch Zweifel zu hegen. »Sollten wir nicht wenigstens die anderen Menschen warnen, dass Zephros desertieren will?«

Sauseschritt lachte. Es war ein Lachen, bei dem sich jedem die Nackenhaare gesträubt hätten, der Kender für fröhliche, leichtherzige, unbesonnene kleine Kerle hielt. Ein Lachen, das nach einer zusammengeklappten Schmiedezange klang.

»Warum sollten wir? Je weiter Zephros sich von den anderen Menschen entfernt, desto leichter können wir ihn erwischen.«

Altdrache überlegte einen Augenblick, dann nickte er und begann, seine Beutel zu zählen.

So musste es bei den ersten Menschen gewesen sein, wenn zwei Männer in Streit gerieten. Messer (früher vielleicht noch aus Stein) in der Hand, nackt bis auf den Lendenschurz und ein paar Schritte entfernt Freunde, die einen je nach Stimmung anfeuerten oder verhöhnten.

Aber dennoch war dieser Kampf anders. Es gab Regeln, die Messer waren aus gut gehärtetem Stahl (in Falkenbruders Hand lag eine Zwergenarbeit) und einer der Beteiligten hatte unter den Umstehenden keine Freunde.

Es sprach für Falkenbruders Mut, dass er so viel Vertrauen in die Ehre seiner Feinde hatte. Pirvan kam kurz der Gedanke, dass er noch nie zuvor gegen einen Mann gekämpft hatte, den er so ungern töten würde.

Dann verdrängte er solche Vorstellungen. Man zog nicht ohne Rüstung in einen Kampf mit blankem Stahl und hegte dabei freundliche Gedanken über seinen Gegner. Am Ende erwiderte der Gegner diese Gedanken nicht und die eigenen verlangsamten einen für einen lebensgefährlichen Moment …

Es wäre eine Schande, Falkenbruder grundlos zu töten. Es wäre aber noch schlimmer, aus Unachtsamkeit von ihm getötet zu werden.

Die beiden Männer verbrachten die ersten Minuten des Kampfes damit, den Boden und einander zu prüfen. Aufmerksam umschlichen sie einander und warteten auf die kleinste Gelegenheit, dem anderen eine Verletzung beizubringen. Beide wussten, dass Messerkämpfe häufig binnen Augenblicken entschieden wurden, mit dem ersten Stoß oder Schlag, der den einen Teilnehmer Blut, Schnelligkeit oder Kraft kostete.

Keiner der beiden gab sich jedoch die Blöße, dem anderen einen Angriff zu ermöglichen – zumindestens keine Blöße, bei der der andere nicht mit einem tödlichen Gegenangriff rechnen musste.

Manche Messerstiche ließen einem keine Chance mehr zu einem Gegenangriff. Das Opfer war tot, bevor man die Waffe zurückzog, selbst wenn es noch stand. Aber solche Treffer waren selten und hingen weitgehend vom Glück ab.

Ohne solches Glück konnte man seinen Gegner zwar töten, ihm aber nicht die Kraft der Verzweiflung rauben, mit der er einen noch umbringen konnte, ehe er selber starb. Einen solchen Ausgang wollte Pirvan um jeden Preis vermeiden. Ehre, Eid und Maßstab verlangten von ihm, dass er seine Mission im Süden abschloss, was noch vollbracht werden konnte, wenn er oder Falkenbruder überlebten. Wenn sie beide tot waren, war es dagegen nicht mehr möglich, sofern kein Wunder geschah, Und Pirvan hatte zu lange gelebt, um auf solche Wunder zu vertrauen.

Zwanzig Jahre zuvor, als er zu seinem Nachtwerk in Istar höchstens ein Dolch mitgeführt hatte, hätte Pirvan den Kampf in Minutenschnelle entschieden. Selbst die, die von ihrem blutigen Messer lebten, hatten damals einen weiten Bogen um ihn gemacht, weil sie wussten, wie viele nur noch deswegen lebten, weil Pirvan nicht töten wollte – und nicht, weil er es nicht konnte.

Während zwanzig Jahre im Leben eines Elfen wie ein Wimpernzucken waren, bedeuteten sie für einen Menschen eine lange Zeit. Augen und Nerven, Muskeln und Sehnen, nichts davon war mehr wie einst. Pirvan hatte mit den Messern trainiert, sooft seine Arbeit es ihm gestattete, was weniger war als zu der Zeit, wo er ebenso wenig ein Schwert angerührt wie eine alte Frau ausgeraubt hätte.

Falkenbruder war trotz seiner Jugend ein sichtlich vollendeter Messerkämpfer – nicht so stark, wie er noch werden konnte, aber Pirvan auf jeden Fall gewachsen. Obwohl er kleiner war als Pirvan, hatte er dank seiner langen Arme die gleiche Reichweite wie der Ritter.

Kein kluger Mann hätte auf den Ausgang dieses Kampfes Wetten abgeschlossen.

Es schien auch keiner der Zuschauer in Wettlaune zu sein. Alle starrten die Kämpfer an, als könnten ihre eindringlichen Blicke den Kampf zu einem schnellen, blutlosen Ende bringen. Haimya war unter ihrer Sonnenbräune blass. Eskaia beherrschte sich besser als ihre Mutter oder ihr Bruder.

Höchstwahrscheinlich hat sie noch nicht genug Blutvergießen miterlebt, um sich vorstellen zu können, welche Schrecken einem oder beiden von uns heute Nacht bevorstehen können, dachte Pirvan.

Dieser Gedanke kam zur falschen Zeit. Er ging Pirvan gerade durch den Kopf, als Falkenbruder zum ersten Angriff ansetzte. Der junge Mann kam tief gebückt heran und stach nach Pirvans Bein, um ihn langsamer zu machen oder zu behindern.

Pirvan sah den Stahl auf sein Fleisch und seine Sehnen zuschießen. Augenblicklich wirbelte er auf dem anderen Bein herum und stieß nach der Umdrehung nach Falkenbruders Hüfte. Jetzt war die Reihe an dem Wüstenkrieger, sich mit gleicher Behändigkeit wegzudrehen.

Mit gleicher, aber nicht größerer Behändigkeit, trotz seiner dreißig Jahre Altersvorteil. Das gestattete Pirvan eine nützlichen Einblick. Falkenbruder war unter Umständen nicht leichtfüßig genug, um ihm gewachsen zu sein. Wenn er Überschläge, Springen und Klettern nicht so gründlich gelernt hatte wie Pirvan, konnte der Ritter seinen Gegner vielleicht noch überraschen. Aber diese Überraschung durfte nicht zu früh kommen.

Falkenbruder hatte einen erwachsenen Kopf auf seinen breiten jungen Schultern. Er würde nicht leicht zu überlisten sein. Höchstwahrscheinlich ließ er sich nur einmal überraschen.

Dann sollte ich das doch am besten bald machen, dachte Pirvan, *bevor die dreißig Jahre mich so langsam machen, dass die Überraschung sich unerwartet gegen mich wendet.*

Obwohl er gut trainiert und gesund war, bildete der Ritter sich nicht ein, so ausdauernd zu sein wie ein Gegner, der jung genug war, um sein Sohn sein zu können.

Die nächsten paar Angriffe waren Finten, mit denen jeder seinen Gegner auf Schwachpunkte, schlechte und gute Angewohnheiten und Mangel an Fantasie abtastete. Wäre dies ein Schaukampf auf Burg Dargaard gewesen und die beiden Männer in der Ausbildung zum Ritter von Solamnia, so hätten ihre Lehrer sie beide sehr gelobt. Keiner von ihnen war berechenbar, keiner leicht zu überrumpeln (Pirvan nach dem ersten Aussetzer überhaupt nicht mehr), und beide waren ordentlich ins Schwitzen geraten, ohne ihre Schnelligkeit oder die Geduld zu verlieren.

Der letzte Gedanke brachte Pirvan zum Grinsen. Es würde ihn nicht entehren, Falkenbruder zu töten, wenn die Götter es so wollten. Aber er weigerte sich entschieden, darüber nachzudenken, ob er auf den jungen Krieger *wütend* war.

Falkenbruder sah das Grinsen seines Gegners und lachte. »Ihr findet mein Vorgehen komisch? Vielleicht kann ich Eure Meinung ändern.«

Er sprang auf Pirvan zu, änderte dabei im Sprung die Richtung und landete so, dass er den Ritter leicht erreichen konnte.

Jedenfalls wäre es so gewesen, wenn Pirvans Augen nicht ebenso auf Falkenbruders Beine geachtet hätten wie auf seine Messerhand. Pirvan war ausgewichen, während Falkenbruder noch in der Luft war, und befand sich nun einen Fingerbreit außerhalb der Reichweite seines Gegners.

Eines Gegners, der einen Augenblick lang nicht im Gleichgewicht war.

Jetzt war Pirvan derjenige, der zustach, und sein Stahl traf. Die Wunde war nicht tief, nur ein Kratzer in der Haut über Falkenbruders linkem Knie, aber es floss Blut.

»Erster Treffer!«, rief Pirvan so förmlich, wie er es fertigbrachte, während er noch um Atem rang. Dann wiederholte er seine Worte, als ihm klar wurde, dass der erste Versuch mehr Keuchen als Sprechen gewesen war.

»Ich habe Euch schon beim ersten Mal gehört«, erwiderte Falkenbruder. »Und die Elfenwaldläufer in den Wäldern von

Silvanesti garantiert ebenfalls. Ich mag ja bluten, aber taub bin ich nicht.«

»Verzeihung«, meinte Pirvan und verbeugte sich. »Ich wollte dich nicht beleidigen.«

»Wenn Ihr mich nicht beleidigen wollt, dann fragt mich am besten auch nicht mehr, ob ich aufgebe«, gab Falkenbruder zurück.

»Wollen wir den Tanz fortsetzen?«

»Wie du wünschst.« Pirvan verbeugte sich erneut, ließ Falkenbruder dabei jedoch nicht aus den Augen. Das war auch gut so, denn der Krieger näherte sich rasch und stampfte dabei auf, um Staub aufzuwirbeln und Pirvan über seine Richtung zu täuschen.

Vielleicht auch, dachte Pirvan, *um zu beweisen, dass er den Schmerz an seinem blutenden Knie aushalten kann.*

Der Ritter hätte Falkenbruder gern versichert, dass er den Mut und die Leidensfähigkeit seines Gegners für selbstverständlich hielt und dass dieser weder Schmerzen noch Mühe auf sich nehmen musste, um beides zu beweisen. Aber er hatte zu viel zu tun, um Falkenbruders blitzschneller Klinge auszuweichen, als dass ihm Zeit oder Luft für höfliche Bemerkungen geblieben wäre.

Mit Glück gelangte er an die Stelle mit der harten Kruste über weichem Sand, die er sich zuvor eingeprägt hatte. Er vermutete aber, dass auch Falkenbruder das Fleckchen Erde bemerkt hatte und sich nicht dorthin locken lassen würde.

Doch das spielte ohnehin keine Rolle. Denn es war nicht Falkenbruder, der die Kruste als Erster durchtreten sollte

Der Wüstenkrieger schien während des letzten, schnellen Angriffs kurz die Orientierung verloren zu haben. Das erleichterte es Pirvan, den Kampf zu dem vorgesehenen Fleck zu lenken. Dennoch kostete es ihn Zeit, Atem und Kraft und es gestattete Falkenbruder, Pirvan einen kleinen Schnitt am Arm beizubringen.

»Ich nehme an, Ihr wollt auch nicht aufgeben?«, fragte Falkenbruder. Er grinste, was deutlich zeigte, dass er so überflüssige Fragen nur um der Ehre und des Brauches willen stellte.

»Da liegst du richtig«, antwortete Pirvan und grinste zurück.

Links von sich sah er wenige Schritte entfernt den Sandplatz. Aus dem rechten Augenwinkel sah er, dass Falkenbruder allmählich erkannte, wohin der Kampf sie führte.

Dann kam Falkenbruder wieder rasch heran, denn er versuchte, Pirvan dorthin zu drängen. Dem Ritter blieb nichts anderes übrig, als sich treiben zu lassen, sonst hätte er eine ernsthafte Wunde davongetragen. Das würde Falkenbruder vielleicht an Pirvans Mut zweifeln lassen, aber er musste jeden Verdacht zerstreuen.

Pirvans nackter linker Fuß berührte die kiesige Kruste. Jetzt musste er so schnell reagieren wie damals bei seinen nächtlichen Streifzügen und das gegen einen Gegner, der viel gefährlicher war als die meisten Männer, die je in einer Stadtwache gedient hatten.

Anstatt nach links umzuknicken, als sein Fuß durch die Kruste brach, neigte Pirvan sich nach rechts. Er verwandelte das Kippen in ein Rad. Falkenbruder sprang auf seinen vorübergehend wehrlosen Gegner zu – und es war schließlich doch der Fuß des Wüstenkriegers, der die Kruste durchstieß und darin stecken blieb.

Pirvan kam auf die Beine, wirbelte sein Messer herum, fing es an der Klinge auf und schlug Falkenbruder den beschwerten Griff gegen den Kiefer. Der jüngere Mann hatte sich bereits umgedreht und besaß noch genug Willenskraft und Reflexe, um Pirvan sein Messer über die Rippen zu ziehen.

Dann brach Falkenbruder zusammen. Der Kampf war vorüber und der Blutigere der beiden Gegner noch auf den Beinen.

Pirvan kniete sich hin und horchte nach Falkenbruders Atem und Puls. Beide schienen ganz ordentlich für einen Mann, der vermutlich einen gebrochenen Kiefer hatte.

»Pirvan, hör auf, den armen Mann voll zu bluten«, ermahnte ihn Serafina scharf. »Eskaia, wir müssen Tarothin wecken. Wenn er seine Krankheit noch nicht weggeschlafen hat, kann er sich wieder in seine Decken wickeln, sobald er diese beiden Kampfhähne geheilt hat.«

»Ich komme lieber mit«, schlug Darrin vor. »Mein Urteil wird hier nicht mehr gebraucht, und Tarothin muss vielleicht getragen werden.« Nur seinem Blick zu Pirvan war zu entnehmen, dass er die Rote Robe vielleicht etwas sanfter wecken würde als die beiden Frauen.

»So weit, so gut«, sagte Haimya. »Wenn mir jetzt jemand Kräuterwasser und Verbandszeug bringt, kann ich wenigstens die Blutung zum Stillstand bringen, während wir auf Tarothin warten.«

Als Gildas Aurhinius erwachte, stand die Sonne so hoch, dass er nicht mehr glaubte, er hätte nur wenige Minuten geschlafen, obwohl es sich so anfühlte.

Als Nemyotes ihm jedoch mitteilte, was geschehen war, wünschte er sich nur noch, er könnte weiterschlafen.

»Zephros ist im Schutz von Nacht und Regen verschwunden«, berichtete der Sekretär. »Die meisten seiner Männer haben ihn begleitet. Wir haben mehrere Leichen gefunden. Ein Mann lebte noch. Bevor er starb, sagte er, dass alle, die sich geweigert hätten, Zephros zu folgen, umgebracht wurden.«

Aurhinius hätte nur ein Stöhnen zustande gebracht, was er als unmännlich ansah. Also behielt er die Ruhe und einen klaren Kopf.

»Ich fürchte, da gibt es noch mehr schlimme Neuigkeiten«, fuhr Nemyotes fort.

»Wie schlimm?«

»Schlimm genug. Die anderen Abteilungen der Steuersoldaten hatten Appell. Den meisten fehlen zwanzig oder mehr Deserteure. Sogar die Kompanie von Floria Desbarres hat ein paar verloren.«

»Sind sie mit Zephros gegangen?«

»Höchstwahrscheinlich. Der Regen hat die Spuren über mehrere Meilen verwischt. Der Hauptmann der Spähtruppen hat Männer auf Zephros' Spur angesetzt.«

»Er soll mir sofort Bericht erstatten, wenn seine Männer etwas finden«, sagte Aurhinius, um dann realistisch hinzuzufügen: »Oder wenn sie der Meinung sind, dass Zephros zu viel Vorsprung hat.«

Aurhinius trank verdünnten Wein aus einem Kelch, den Nemyotes ihm hinhielt. Der Wein tilgte die Bitterkeit aus seinem Mund, wenn auch nicht aus seiner Verfassung.

»Hat der Sterbende gesagt, welches Ziel Zephros haben könnte?«

»Falls das irgendjemand außer Zephros wusste, hat er es für sich behalten«, erwiderte Nemyotes. »Oder vielleicht hat Zephros selbst kaum mehr gewusst, als dass er und seine Männer hier nicht sicher sind.«

»Damit hatte er auch durchaus Recht, Königspriester hin oder her«, bestätigte Aurhinius. »Aber die Vorstellung, dass er einen solchen Einfluss auf seine eigenen Männer und die anderer Abteilungen hat, dass sie mit ihm in die Wüste ziehen, wissen die Götter wohin, gefällt mir überhaupt nicht.«

»Schlechte Menschen haben schon immer ihre Anhänger gefunden«, meinte Nemyotes. Aurhinius' Blick verriet ihm, was dieser von solchen Bemerkungen hielt. »Außerdem«, fügte der Sekretär hinzu, »könnte Zephros auf den Ehrgeiz mancher Männer gesetzt haben, die beim Königspriester oder dessen Anhängern gut angeschrieben sein wollen. Ehrgeiz bewirkt oft dasselbe wie Gold oder Ehre.«

Aurhinius sagte nichts, denn die nackte Wahrheit war nicht von der Hand zu weisen. Er trank wieder. Nachdem er seinen Durst gelöscht hatte, stand er auf und sah sich in dem schon jetzt brütend heißen Zelt nach seinen Kleidern um.

»Beruft für den Mittag eine Offiziersversammlung ein«, befahl Aurhinius, während er sich in seine Untertunika quälte. »Den Hauptmännern der Steuersoldaten kann ich nicht befehlen zu kommen, aber erinnert sie daran, dass es ihnen vielleicht dabei hilft, weitere Desertionen zu verhindern. Ein paar von ihnen hoffen doch bestimmt noch darauf, mit mehr als Pfeilwunden und Sonnenbrand nach Istar zurückzukehren.«

»Ja, Herr.«

Tarothin hatte in jener Nacht weniger geschlafen als Gildas Aurhinius, wurde aber immerhin nicht mit schlechten Neuigkeiten geweckt. Nachdem er Pirvan und Falkenbruder geheilt hatte, war er zwar schwach, aber er hatte gründliche Arbeit geleistet und beide Männer waren in der Lage, bei Tagesanbruch zu reiten.

Die Rote Robe allerdings nicht. Tarothin verschlief den Tag, den die von ihm geheilten Männer gut nutzten.

Falkenbruder rief seine Männer herbei, die mithilfe von Pirvans Schlitten an der Quelle der Schlucht des Toten Ogers ihre Wasserschläuche füllten. Die Freien Reiter und die Ritter wechselten zunächst mürrische Blicke, aber Pirvan und Falkenbruder – nunmehr zwangsläufig Freunde geworden – priesen die Fähigkeiten und die Ehre des jeweils anderen in den höchsten Tönen.

»Wenn noch jemand daran zweifelt, dass Pirvan und die, welche ihm die Treue geschworen haben, Freunde der Freien Reiter sind und uns in dieser Zeit der Not wahrscheinlich helfen können, soll er *mich* herausfordern«, lauteten Falkenbruders Worte.

Vor seinen Leuten gab sich Pirvan genauso entschlossen. »Die Freien Reiter sind ehrenhafte Krieger. Wir haben von ihnen nichts zu befürchten, denn sie sind an Falkenbruders Schwüre gebunden.«

Das galt jedoch nur für den Greifenclan, wie Haimya betonte, als sie allein waren. Als sie sich das letzte Mal mit dieser Frage beschäftigt hatte, hatte sie unter den Freien Reitern mindestens neun weitere große und an die fünfzehn kleinere Clans gezählt.

»Dein knapper Sieg hat mir sowieso nicht behagt«, schimpfte sie. »Gerik und Eskaia sagen nicht viel, aber ihre Augen sprechen Bände. Keiner von uns bringt es über sich, dir klarzumachen …«

»Dass ich für solche Zweikämpfe zu alt bin?«, fragte Pirvan. Er lächelte, um den Worten etwas von ihrem Biss zu nehmen, denn er wollte sich nicht seine geliebte Frau zum Feind machen, nachdem er sich Falkenbruder zum Freund gemacht hatte. Wenn es so weit käme, würden die Götter sich vor Lachen kugeln.

Haimya wurde rot. Pirvan lachte laut und küsste sie. »Nun, jetzt habe ich es selbst ausgesprochen.«

»Ja, aber … Ach, wie soll ich es ausdrücken? Nimmt dein Herz die Jahre hin, oder muss ich warten, bis meines bricht, weil du in einen Kampf zuviel gezogen bist?«

Pirvan wollte ihren kriegerischen Mut loben und laut anzweifeln, dass ihr Herz brechen könnte. Aber ihre Liebe zu ihm – und seine zu ihr – war ebenso wahr wie ihr Mut. Er gelobte, sie nicht leichten Herzens zu bitten, etwas zu ertragen, was er selbst unerträglich finden könnte.

Schweigend standen sie Arm in Arm da, bis das ungute Gefühl verschwunden war und der Morgenwind ihnen Sand in die Augen trieb. Aus der Schlucht kamen die Rufe der Freien Reiter und der Wachen, die den Schlitten den Abhang hinaufschoben. Aus dem weiten Himmel war nur der ferne Schrei eines Vogels zu hören, welcher nach einer vergeblich abgewarteten Nacht noch immer auf Beute aus war.

»Wann reiten wir los?«, fragte Haimya.

»Ich hatte vorgehabt, das Lager abzubrechen, sobald wir genug Wasser haben«, antwortete Pirvan. »Jeder, der uns gefolgt ist, kann uns bei Tag weniger leicht auflauern als bei Nacht. Aber Tarothin braucht Schlaf und bräuchte selbst einen Heiler. Ich hoffe, die Greifen können dafür sorgen. Außerdem sagt Falkenbruder, dass sein Freund Ein-Ohr Wege aus diesem Land weiß, die nur den Freien Reitern bekannt sind.«

»Das hilft gegen die Steuersoldaten«, bestätigte Haimya. »Was ist mit den anderen Clans, den Falken und dergleichen?«

Pirvan zuckte mit den Schultern. »Jede Vermutung ist mehr oder weniger von den Göttern abhängig. Bisher haben sie für Sicherheit, Wasser, Freunde und Informationen gesorgt, über die wir vorher nicht verfügten. Ich glaube, wir können darauf vertrauen, dass sie feindliche Clans fern halten – und wenn die Götter anderswo beschäftigt sind, können wir immer noch unserem Stahl vertrauen.«

Dagegen hatte Haimya nichts einzuwenden und sie kehrten Hand in Hand zum Lager zurück.

Kapitel 4

Wenn man die Art eines Greifen, zu fliegen, zugrunde legte, würde der Ritt zum Hauptlager des Clans, der sich nach diesen wilden, fliegenden Raubtieren benannt hatte, drei Tage oder vier Nächte in Anspruch nehmen.

»Obwohl ich natürlich noch nie einen Greifen gesehen habe, der auch nur die Hälfte der Strecke in gerader Linie zurückgelegt hätte«, sagte Falkenbruder. »Sie könnten, wenn sie wollten. Sie sind starke Flieger, aber sie müssen fressen. Jedenfalls wollen sie fressen, sobald sie etwas entdecken, das ihnen essbar erscheint. Und ich sage euch, dass ein Greif noch frisst, was einen Aasvogel zum Würgen bringen würde. Darum stoßen sie immer wieder herunter, schlagen sich den Bauch voll und schlafen sich dann erst mal aus.«

»Haben sie keine Feinde, die sie im Schlaf überraschen könnten?«, fragte Eskaia. Ihre Neugier bezüglich des Lebens der Freien Reiter und des Südens im Allgemeinen schien unersättlich.

»Nur uns Menschen und wir nutzen dieses Verhalten natürlich aus«, erwiderte Falkenbruder. »Nicht unser Clan, denn der Greif ist unser Totem, weshalb wir sein Blut nicht vergießen dürfen. Aber andere, einschließlich der kühneren Silvanesti, jagen die Greifen an deren Schlafhorsten. Was auch gar nicht so übel ist, sonst wäre der Wüstenhimmel am Ende voller Greifen, die alle Menschen und ihre Herden fressen würden.«

Pirvans Gefolge und die Freien Reiter brauchten nicht anzuhalten und sich die Bäuche voll zu schlagen, aber sie mussten Gebiete meiden, in denen feindliche Clans (die Falken, die Raben, die Schlangen und die Drachen) herumstreifen konnten. Das galt erst recht dort, wo die Istarer sich zusammenziehen mochten, ob die reguläre Armee oder der zerlumpte Mob der Steuersoldaten.

Deshalb hielten sie sich von dem Fluss fern, den Pirvan unter dem Silvanesti-Namen Fyrdaynis kannte und der bei den Freien Reitern der Fluss der Grünen Monde genannt wurde. (Es hieß, dass zu bestimmten Zeiten im Jahr einer oder alle Monde am Himmel von seinem Ufer aus grün aussahen. Tarothin zeigte mehr als flüchtiges Interesse dafür und hätte mehr als ein hastiges Bedauern gezeigt, den Fluss zu umgehen, war jedoch nicht in der Verfassung zu widersprechen.) Der Weg knickte so häufig ab, dass es Pirvan vorkam, als würden sie jede Nacht zwei- bis dreimal die Richtung wechseln. Doch bei Tagesanbruch konnte er immer am Sonnenaufgang ablesen, dass sie weiter nach Süden vorgedrungen waren. Selbst in der Nacht merkte er, wie die Luft kühler wurde, und sah mondbeschienene Stellen mit Gras, Büschen und zwergenhaften Bäumen, die weiter nördlich nicht wuchsen.

»Reiten wir ganz bis ins Land der Silvanesti?«, fragte Eskaia, als sie am fünften Morgen ihrer Reise lagerten.

»Würde es dich verunsichern, wenn es so wäre?«, gab Falkenbruder zurück.

Eskaia stampfte nicht mit dem Fuß auf und ohrfeigte den Häuptlingssohn auch nicht, aber beide Gesten lagen förmlich in ihrer Stimme, als sie antwortete: »Nicht im Geringsten. Wir wollen erfahren, wie die Silvanesti Istars Intrigen sehen. Also müssen wir sie schon selbst fragen – falls sie mit Worten antworten und nicht mit Pfeilen.«

»Das ist allerdings richtig«, pflichtete Pirvan ihr bei.

»Und weil das so ist, ziehen wir zuerst zu Falkenbruders Clan.« Die Frage, auf die er eine Antwort wünschte, stellte er nicht, denn es war noch zu früh: Würden die Freien Reiter sich mit den Silvanesti gegen Istar verbünden oder mit Istar gegen die Silvanesti?

Keine der beiden Möglichkeiten behagte dem Ritter so recht. Wenn die Elfen mit den Freien Reitern gemeinsame Sache machten, würde Istar sich auf das Bündnis mit Solamnia berufen und darauf beharren, dass die Ritter der Stadt gegen die »Barbarenhorden« zur Seite standen. Schon ohne den Einfluss der Anhänger des Königspriesters war damals einiges Unheil daraus erwachsen. Diesmal würde es noch viel schlimmer werden.

Wenn die Freien Reiter sich dagegen entschieden, Istar zu helfen, um dabei alte Streitigkeiten mit den Silvanesti beizulegen (von denen es viele gab und teilweise aus gutem Grund), würde man die Ritter vielleicht nicht brauchen. Aber die Silvanesti würden selbst ohne sie in große Bedrängnis geraten und Elfen, die man zur Verzweiflung trieb, konnten in letzter Not furchtbare Kräfte entfesseln, wenn ihre Heimat bedroht war.

Das würde den großen Krieg näher bringen, den Krieg, von dem die Königspriester mit jeder Generation lauter gesprochen hatten, die endgültige Entscheidung zwischen den Menschen und den »minderwertigen Wesen«. Viel zu nahe für Pirvans Seelenfrieden.

Als niemand anders in Hörweite war, stellte Pirvan Falkenbruder eine Frage: »Wie haltet ihr Frieden mit den Elfen?«

»Mit den Qualinesti, indem wir zu weit weg sind, um mit ihnen überhaupt zu tun zu haben. Mit den Kagonesti ebenso.«

»Du weißt, wen ich meine, mein Freund«, mahnte Pirvan. Es war eine lange Nacht gewesen, und er brauchte länger als vor zehn Jahren, um sich von einem stundenlangen Ritt zu erholen. Er war so steif, dass er daran zweifelte, leicht einschlafen zu können, aber er wusste, dass er nicht ungeduldig werden durfte.

»Es gibt einen Streifen am Südrand der Wüste oder am Nordrand des Waldes, wie man will«, erklärte Falkenbruder nach kurzem Zögern. »Wir erheben beide Anspruch darauf, aber der Kampf um dieses Stück Land ist mehr Sport als Krieg. Wir dringen nicht weit in den Wald ein, wo unsere Pferde nur langsam vorwärts kommen, unsere Augen überfordert sind und hinter jedem Baum ein Bogenschütze lauert. Die Silvanesti halten es ebenso. Sie dringen nicht weit nach Norden vor, wo es keine Bäume gibt, sondern nur glühend heiße Steine, wo wir mit unseren Pferden zehnmal schneller vorankommen als sie und wo ihnen die Sonne binnen Stunden ihre blasse Haut verbrennt.«

Pirvan hatte von solchen langwierigen Fehden gehört, die beiden Seiten eher zur Unterhaltung dienten – abgesehen von den wenigen, die dabei umkamen oder verstümmelt wurden. Wenn Gnomen miteinander oder mit anderen kämpften, war es praktisch genauso. Zwerge schienen manchmal einfach zu kämpfen, damit sie eine Entschuldigung hatten, außerhalb ihrer Berge unterwegs zu sein. Kender nahmen nahezu nie etwas ernst, sofern nicht ihre ganze Rasse in Gefahr war, was eintreten konnte, falls der Königspriester noch ehrgeiziger wurde. Der Morgen wurde wärmer, aber innerlich fröstelte Pirvan bei der Vorstellung, dass die gesamte Kenderrasse mit all ihrem Witz und Einfallsreichtum um ihre Existenz kämpfte.

Falkenbruder schien nicht viel mehr über die Beziehung zwischen Freien Reitern und Silvanesti sagen zu wollen, aber Pirvan hatte genug erfahren, sowohl für sich selbst als auch für die Archive der Ritter. Beide Völker würden frei wählen; ihre Seelen waren nicht durch jahrhundertelanges Blutvergießen geformt wie Ton auf einer Töpferscheibe.

Mit diesem Gedanken konnte Pirvan heute auf Schlaf hoffen, trotz steifer Muskeln, einer vom Reiten wunden Kehrseite und der Mattigkeit durch das beruhigende Öl, das Haimya so kundig mit ihren Händen auf seiner Haut verteilt hatte.

Krythis, den nur jene einen Halbelfen nannten, die ihn kränken wollten, legte beide Hände auf den von der Sonne erwärmten Felsen und hievte sich aus dem Teich. Er schüttelte sich wie ein nasser Hund, sodass ihm die langen schwarzen Haare um die Schultern klatschten.

Aus dem Teich kam silberhelles Lachen. Ein Kopf mit fast elfenbeinfarbenem Haar tauchte aus dem Wasser auf. Unter den Haaren leuchteten grüne Augen und ein Lächeln.

»Du siehst aus wie eine Zwergfußhecke nach starkem Regen.«

Krythis begann, das Wasser aus seinen Haaren zu wringen. »Sieh dich lieber selber an, Frau. Du erinnerst mich an einen Schneemann, der zu lange in der Sonne gestanden hat.«

»Dafür wirst du bezahlen, Krithot.« Die Koseform seines Namens nahm den Worten seiner Frau die Schärfe. Krythis beschäftigte sich weiter mit seinen Haaren, bis er aufblickte und sah, dass Tulias Kopf verschwunden war. Nicht einmal Ringe auf der Teichoberfläche zeigten an, wo sie eben noch gewesen war.

Krythis' Mund wurde trocken. Nur durch Magie konnte man Gefahr in diesen Teich bringen, in dem sie schwammen und andere Freuden genossen, seit sie sich in Belkuthas niedergelassen hatten. Aber außerhalb ihres Landes gab es mehr Magie als früher und viel davon richtete sich gegen Nichtmenschen. Selbst wenn keine solche Magie auf sie abzielte, wetteiferten die Silvanesti in ihrem Abscheu gegenüber Halbelfen mit den Königspriestern.

Er beugte sich über den Teich – und zwei schlanke, starke Arme schossen aus dem Wasser hervor und schlangen sich um seinen Hals. Sein Gleichgewicht war dahin, noch ehe er mitbekam, dass er es verlor, und er kippte kopfüber ins Wasser.

Mannstief unter der Oberfläche sah er Tulia grinsen und fühlte, wie sie ihn fester umarmte und den Griff ihrer Arme durch den ihrer langen Beine verstärkte. Da wusste er aus langer, angenehmer Erfahrung, was sie im Sinn hatte, und widerstand nicht, als sie ihn an die Wasseroberfläche und zu ihrem Lieblingsplatz zwischen zwei Felsen zog.

Dort gab es einen kleinen Strand, der durch Moos und Laub weich gepolstert war. Aber solange seine Frau in seinen Armen lag, hätte Krythis sich auch auf spitzen Steinen niedergelegt. Krythis' Sinne vergaßen die ganze Welt, nahmen nur noch Tulia wahr – und sie behauptete, dass es ihr mit ihm ebenso erging.

Schließlich schliefen sie eng umschlungen ein. Es war ein kurzer Schlaf, doch als sie erwachten, lag der Teich mehr im Sonnenlicht als im Schatten. Tulia setzte sich als Erste auf und begann, mit den Fingern Blätter und Moosstückchen aus ihren Haaren zu kämmen. Krythis wollte lieber liegen bleiben. Es war so friedlich und Tulia war so schön.

»Sag mal, mein Liebster, sind wir dazu nicht allmählich zu alt?«, scherzte Tulia schließlich, als ihre Haare endlich frei über die leicht sommersprossigen Schultern flossen.

»Bereitet das Wasser dir Schmerzen?«, fragte Krythis. »Bist du alt genug für steife Glieder?«

»Das will ich nicht hoffen!«, wehrte Tulia ab. »Wenn man schon an der Schwelle zum zweiten Jahrhundert langsam und schmerzgeplagt wird, kann man ja gleich ein Mensch sein!« Sie lehnte sich an den sonnenwarmen Stein und sah dabei mehr wie eine Menschenfrau knapp über dreißig aus.

»Und was meinst du dann?«, erkundigte sich Krythis. Normalerweise konnte er stundenlang mit Tulia Rätselraten spielen. Aber heute war ein besonderer Tag, denn ihre Tochter Rynthala feierte ihre Volljährigkeit. Es gab so viel zu tun, dass er es fast schon unklug gefunden hatte, sich für dieses morgendliche Schwimmen davonzuschleichen.

»Vielleicht wünscht Rynthi sich ein bisschen gesetztere Eltern«, gab Tulia zu bedenken.

Krythis wusste, dass sie ihn wieder auf den Arm nahm. »Dein Gesicht war jetzt fast ungerührt und deine Stimme auch«, erwiderte er. »Wenn sie sich gesetzte Eltern wünscht, soll sie uns das ins Gesicht sagen.«

»Aber, bei Paladin, bitte nicht, wenn ein Dutzend Ohren zuhören«, sagte Tulia.

»Ach ja, du weißt es also noch.«

»Das ist nicht so leicht zu vergessen«, gab Tulia fast bissig zurück.

Krythis merkte, dass sie einen wirklich beunruhigten Eindruck machte, mehr als man auf das Fest schieben konnte. Davon erledigte Rynthi die halbe Arbeit und Sirbones und die Zwerge den größten Teil des Restes.

»Ich würde meine Manneskraft darauf verwetten, dass unsere Tochter unberührt ist. Nicht, weil es ihr an Männern mangelt, die das ändern könnten, sondern weil sie selbst es so will. Wir haben ihr einen Segen mitgegeben, den wenig Kinder von Halbelfen empfangen«, fuhr er fort. »Ihre Eltern wurden beide in Liebe empfangen und wussten das seit dem Tag ihrer Geburt.«

Bei diesen Worten wirkte Tulia weniger beunruhigt als nachdenklich. Viel zu oft waren Halbelfen das Ergebnis der Vergewaltigung einer Elfenfrau durch einen Menschen. Nicht so Krythis und Tulia.

Krythis war der Sohn von zwei Waldläufern. Sein Elfenvater, der sowohl Kagonesti- als auch Qualinesti-Blut in sich vereinte, hatte ihn voller Glück auf einem Bett aus Farnen unter dem pinienumrahmten Himmel gezeugt. Tulia war die Tochter einer Silvanesti-Mutter, die aus einer ungewollten Ehe geflohen war und in einem Gasthaus Arbeit gefunden hatte, das gleichermaßen von Zwergen wie von Menschen aufgesucht wurde.

Einer der Zwerge hatte ihr Mut gemacht, fortzulaufen, als offensichtlich wurde, dass der Wirt gern wollte, dass sie seinen Gewinn auf dem Rücken liegend mehrte. Doch es war ein Mensch, ein umherziehender, aber ehrbarer Händler, der sie schließlich eroberte, ihr die Hand hielt, als sie eine Tochter gebar, und schon Monate später den Zähnen und Klauen eines verwundeten Bären zum Opfer fiel.

Beide waren mehr von Zwergen als von den anderen Rassen Krynns aufgezogen worden und es war ihr Erbteil von zwei reichen Zwergenclans, das es ihnen erlaubte, sich in der alten Zitadelle Belkuthas einzunisten. In den Hügeln, wo Thoradin, Silvanesti und Istar aufeinander stießen, hätte keines der drei Reiche diese Zitadelle bereitwillig einem der anderen überlassen.

Aber zwei Halbelfen, die den benachbarten Menschen und Zwergen gleichermaßen zusagten, störten niemanden. Jedenfalls war das nie der Fall gewesen in den sechzig Jahren, seit sie dort lebten.

Jetzt aber bedrohten die Streitigkeiten der Außenwelt den Frieden von Belkuthas. Inzwischen war Rynthala körperlich wie auch altersmäßig zur Frau herangewachsen und hatte dabei mitangesehen, wie ihre Eltern aufeinander stolz waren und einander liebten. Das musste ihr die Kraft geben, die ihr sonst vielleicht gefehlt hätte, die sie aber in den kommenden Jahren brauchen würde.

»Wenn du glaubst, dass wir Rynthi hierzu befragen sollten«, sagte Krythis sanft, »können wir das tun. Aber nicht heute und auch nicht in den nächsten Tagen. Heute ist ihr großer Tag, und ich werde nicht zulassen, dass die Grillen eines alten Mannes einem jungen Mädchen den Spaß verderben.«

»Alter Mann, meine …!« Tulia erwähnte einen intimen Teil

ihres Körpers. Dann griff sie mit beiden Händen nach ihrem Mann und zog ihn zu sich herunter.

Als Pirvans Gruppe und die Freien Reiter in ihrer Begleitung zum letzten Mal das Lager aufschlugen, waren sie nur noch einen halben Tagesritt vom Greifenlager entfernt. Falkenbruder schlug vor, dass sie kurz ausruhen und die Reise bei Tageslicht zu Ende bringen sollten.

»Von hier bis zum Lager gibt es reichlich Wasser«, sagte er. »Der Wind wird keinen Sandsturm aufwirbeln.« Nach kurzem Schweigen fügte er hinzu: »Außerdem wird das Risiko eines Hinterhalts jetzt immer größer.« »So nah an eurem Lager?«, fragten Darrin und Gerik gleichzeitig.

»Allerdings. Je näher am feindlichen Lager, desto größer der Ruhm, wenn der Hinterhalt gelingt.«

»Dann müssen wir dafür sorgen, dass dies kein ruhmreicher Tag für eure Feinde wird«, stellte Darrin fest. Das war eine seiner Aussagen, in denen jedes Wort wie ein Hammerschlag klang. Wer ihn hörte, konnte sich kaum vorstellen, dass er jemals lachte.

Schließlich schlug Darrin vor, dass er die Nachhut übernehmen könnte. Pirvan war anderer Meinung, denn die Vorhut war bei einem Hinterhalt noch gefährdeter, und falls Darrin sein Pferd verlor, würde es ihm schwer fallen, seinen Kameraden zur Hilfe zu kommen.

Stirnrunzelnd gehorchte der große Ritter. Später nahm Falkenbruder Pirvan beiseite, als die anderen ihre Pferde tränkten und sich auf die letzte Etappe der Reise vorbereiteten.

»Dein Blutsohn scheint dir weniger zu gehorchen als dein Namenssohn.«

Pirvan brauchte einen Augenblick, um zu erkennen, dass dies nicht beleidigend gemeint war, obwohl Falkenbruder angedeutet hatte, dass Gerik ein Hitzkopf und Darrin Pirvans unehelicher Sohn sei. Falkenbruder hatte sich nur wie ein Häuptling verhalten, der offen über die Stärken und Schwächen der Krieger eines befreundeten Häuptlings redete.

»Darrin ist zehn Jahre älter als Gerik. Du bist sehr reif für deine Jahre, also beurteile meinen Sohn bitte nicht zu streng.«

»Aber Darrin …«

Pirvan wusste nicht, was die Freien Reiter von den Minotauren hielten. Außerdem hätte er sich jetzt höchstens für einen Gott die Zeit genommen, die ganze Geschichte zu erzählen, wie Darrin als Erbe von Waydol aufgewachsen war.

»Er ist der Sohn eines ehrenhaften Kriegers, den ich im Zweikampf besiegt und dem ich anschließend Blutsbrüderschaft geschworen habe. Wäre ich in unserer letzten gemeinsamen Schlacht gestorben, so hätte er zweifellos Gerik so großgezogen, so wie ich mich Darrins angenommen habe.«

Pirvan musste unwillkürlich lächeln, als er daran dachte, was Waydol und Dairin wohl aus Gerik gemacht hätten. Vielleicht keinen besseren Kämpfer, aber mit Sicherheit einen Mann, der schneller zu einer Entscheidung gelangte.

Aber die Götter hatten es anders bestimmt, stellte er fest, *und den Rittern tut es nur gut, dass Darrins Kraft ihnen zur Verfügung steht.*

»Entschuldige, falls ich dich beleidigt habe«, bat Falkenbruder.

»Nur billige Neugier kann beleidigen. Die Stärken und Schwächen eines Freundes zu erkunden ist nie beleidigend«, antwortete Pirvan.

»Bring das meinen Brüdern bei«, sagte Falkenbruder mit Schärfe in der Stimme, »dann werden manche dich zum Häuptling der Greifen machen wollen, wenn mein Vater stirbt.«

Bevor Pirvan etwas erwidern konnte, hörte er Eskaias Ruf. Die Tiere waren praktisch fertig und sie konnten aufsatteln.

Krythis und Tulia hatten ihre Bögen mitgenommen, als sie sich zurückzogen. Das täuschte wahrscheinlich kaum jemanden, denn einen halben Tagesmarsch um Belkuthas herum gab es kaum Wild, das groß genug war für eine Steinschleuder, geschweige denn für die großen Elfenbögen. Die Herden der Zitadelle machten mit Gras und Blättern kurzen Prozess und die Bögen und Speere der Hirten machten mit Wölfen und Bären kurzen Prozess. Vögel und Eichhörnchen gab es im Übermaß, doch die ließ man auf den strengen Befehl des Herrn und der Herrin der Zitadelle, ihrer zwergischen Verbündeten und Sirbones in Ruhe. Sirbones war ihr Priester der Mishakal, der monatelang kaum etwas sagte, aber fast jeden Tag heilte und über mehr Macht verfügte, als er je anzustreben gewagt hätte.

Ihre Tochter täuschten Krythis und Tulia jedenfalls nicht. Sie erwartete die beiden an der Hintertür. Sie trug ihre übliche Kleidung: weit geschnittene Hosen über kurzen Stiefeln und eine kurze, aber gut sitzende Tunika. Sie war noch einen halben Kopf größer als ihr Vater und Krythis behauptete, sie gliche seiner Mutter, der Waldläuferin, die fast jeden Mann überragt hatte.

Rynthala musterte die Kleider ihrer Eltern, dann wickelte sie eine Locke ihres Vaters um ihren braunen Finger.

»Ziemlich viel Tau heute Morgen, was?«

Krythis und Tulia hatten gelernt, über nichts mehr zu erröten, was ihre Tochter sagte, seit man sie nicht mehr »Rynthilein« nannte. Sonst wären sie seit jener Zeit aus dem Erröten kaum mehr herausgekommen.

»So ähnlich«, entgegnete Tulia gemessen.

»Denkt ihr, ihr werdet es vermissen, ein Kind hier zu haben, wenn ich weg bin?«, fuhr Rynthala fort, als hätte ihre Mutter überhaupt nichts gesagt. »Da hättet ihr nicht so lange warten müssen, denn ich ... Entschuldigung. Manchmal geht meine Zunge mit mir durch.«

»Das muss am Waldläuferblut liegen – Waldläufer haben ihr eigenes Tempo«, sagte Krythis, legte aber Tulia bei diesen Worten einen Arm um die Schultern. Er fühlte, wie sie bebte. Vor Rynthala hatte sie drei Kinder geboren, doch keines davon hatte das dritte Jahr überlebt. Rynthi hatte diesen Fluch gebrochen und es sah so aus, als würde sie die Vitalität all ihrer Geschwister in sich vereinen, doch seitdem hatte Tulia kein Kind mehr geboren, nur eine Fehlgeburt erlitten.

»Es bringt Unglück, an diesem Tag vom Fortgehen zu reden«, sagte Krythis mit einer Strenge, die nicht nur gespielt war. »Warst du etwa am Zwergenschnaps? Wenn ja, werde ich Sirbones rufen, und er wird ...«

»... hier nichts zu tun haben«, schloss Rynthala. »Bitte, Vater, Mutter. Ich kann nüchtern genauso frech sein wie die meisten Betrunkenen, wie ihr genau wisst.«

Tulia lächelte matt. »Solange du das weißt, muss kein Ehemann sein Leben riskieren, um es dir zu sagen.«

»Wenn die Götter wollen, dass ich heirate, dann hoffe ich, dass sie mir einen Mann schicken, der immer die Wahrheit sagt und sie auch hören will«, erklärte Rynthala. »Aber vielleicht widerfährt so viel Glück einer Familie nicht zweimal.«

Sie umarmte ihre Eltern. Ihre Arme waren fast lang genug, um beide gleichzeitig zu umfassen. Dann runzelte sie die Stirn. »Sirbones regt sich darüber auf, dass so viel Zwergenschnaps bereit steht. Er hat einen kleinen Zauber auf die Fässer vorgeschlagen …«

»Nein«, unterbrach Krythis seine Tochter. »Ich werde unsere Gäste nicht beleidigen, und wenn Sirbones mir nicht gehorcht, kann er weiterziehen. Außerdem sind unsere Gäste ziemlich dickköpfig. Wenn sie sich betrinken, bis sie umkippen, brechen wohl eher die Steine als ihre Schädel. Und was Raufereien und Ähnliches angeht – wenn Sirbones mit einer gebrochenen Rippe oder einer aufgeplatzten Lippe nicht mehr fertig wird, sollte Mishakal ihm vielleicht seinen Stab wieder abnehmen.«

»Soll ich ihm das mitteilen?«, erkundigte sich Rynthala mit einem spitzbübischen Grinsen, das sie wie fünfzehn aussehen ließ.

»Ihr Götter, nein!«, rief Tulia. Dann lachte sie und erwiderte die Umarmung ihrer Tochter. »Sag ihm, unsere Gäste hätten nicht vor, dir den Tag zu verderben, und er kann darauf vertrauen, dass sie das Richtige tun werden.«

»Mache ich«, sagte Rynthala, drehte sich um und lief los. Sie konnte aus dem Stand losspringen wie eine große Katze und so lange ein atemberaubendes Tempo durchhalten, dass sie einen Hirsch eingeholt und einen Zentauren ins Schwitzen gebracht hätte.

»Mein lieber Mann«, sagte Tulia. »Hast du dir eben zugehört?«

»Hm?«

Sie wiederholte, was Krythis über Sirbones gesagt hatte, und diesmal wurde der Halbelf so rot, wie seine Tochter es bei ihm niemals fertig gebracht hätte. Dann nickte er.

»Na, wenigstens hat sie ihre vorlaute Zunge ehrlich geerbt.«

»Ehrlichkeit hilft nicht gegen Blutfeindschaft und macht Männer auch nicht mutig genug, sich einer solchen Zunge zu stellen.«

»Manche Männer vielleicht nicht. Aber es gibt auch andere, denn wie sonst wäre ich dazu gekommen, dich zu heiraten?«

Tulia schlug ihrem Mann eine Faust spielerisch in die Rippen, dann kitzelte sie ihn mit der anderen Hand. Dann folgten sie gemeinsam ihrer Tochter.

Am Morgen glaubte Oberhauptmann Zephros (er hatte sich selbst befördert, sobald sie außer Sichtweite von Aurhinius' Banner waren) sich und seine dreihundert Mann vor Verfolgern sicher.

Das waren sie auch, jedenfalls soweit es um Gildas Aurhinius oder die anderen Anführer der Steuersoldaten ging. Aber noch immer bestand eine große Wahrscheinlichkeit, dass sie am Ende alle von Aasgeiern gefressen werden würden, weil sie zu wenig von der Wüste verstanden oder weil zu viele Freie Reiter sie unerwartet überfielen.

Auch gewisse andere Gefahren drohten Zephros – auch wenn er überhaupt nichts von ihnen wusste, ja, sie sich nicht einmal vorstellen konnte.

Zwei seiner Hauptmänner hätten gern seinen Platz eingenommen, weil sie fanden, dass die Männer einen besseren Anführer verdient hatten, nämlich einen von ihnen. Was Kiri-Jolit, allwissend über Krieg und Krieger, gar nicht bestritten hätte.

Drei andere wünschten Zephros aus ganz persönlichen Gründen den Tod. Einer war ein Karthayer, der sich an dem Mann rächen wollte, der vor zehn Jahren an der Nordküste von Istar seine Mitstreiterin, die Schwarze Robe Rubina, erschlagen hatte. Ein anderer diente dem Königspriester und fand, dass Zephros wegen seines Ehrgeizes sterben müsse – zur Warnung für alle, die diese Eigenschaft ebenfalls ihr Eigen nannten. Ein dritter schließlich wollte Verwandte rächen, die durch eine von Zephros' Intrigen entehrt worden waren.

Keiner dieser drei wusste allerdings, dass sie ihrerseits beobachtet wurden: von zwei großen, braunen Augenpaaren in kleinen, scharf geschnittenen Gesichtern. Es hätte geradezu ein Gott davon erzählen müssen, damit sie an diese Spione geglaubt hätten – vielleicht nicht einmal dann. Kender reisten gewöhnlich nicht durch die Wüste.

Aber Kender können fast überallhin gelangen, wenn sie ausreichend Grund dazu haben. Imsaffor Sauseschritt und Horimpsot Altdrache fanden, sie hätten ausreichend Grund dazu.

Kapitel 5

Der Hinterhalt kam, als Pirvan nur noch Stunden vom Hauptlager der Greifen entfernt war – und zwar nicht durch einen feindlichen Clan, sondern durch eine Gruppe der Greifen selbst, angeführt von Falkenbruders ältestem Bruder, Drei-Hände, dem ersten Erben Rotdorns.

Mit der Objektivität eines erfahrenen Ritters musste Pirvan zugeben, dass Drei-Hände und seine Krieger es klug angefangen hatten. Nicht einmal der Scharfsichtigste aus Falkenbruders Gruppe hatte einen der fünfzig Krieger seines Bruders gesehen, bevor sie aus ihren Verstecken hochkamen. Drei-Hände selbst schoss einen Pfeil ab, der sich zwei Ellen vor Pirvans Pferd in den Sand bohrte, eine klare Warnung, dass zumindest die Anführer hätten tot sein können, ehe sie überhaupt gewusst hätten, dass sie angegriffen wurden.

Als Drei-Hände herunterritt, um seinen Bruder zu begrüßen, war Pirvan nicht sicher, dass der Angriff vorbei war, denn nun benutzte der Bruder seine Zunge als Waffe.

»Genau was ich von dir erwartet hätte, Falkenei«, schimpfte Drei-Hände. »Da führst du Istarer und wer weiß wen in unser heiliges *und* geheimes Land. Wie viel haben sie dir dafür bezahlt?«

Falkenbruders dunkle Haut wurde vor Ärger noch dunkler, doch seine Stimme war ruhig. »Ein paar sind aus Istar, manche sind Ritter aus Solamnia und keiner von ihnen gehört zu einem Volk, mit dem wir im Streit liegen.«

»Die Ritter haben für Istar gegen die ›Barbaren‹ die Drecksarbeit übernommen. Sie können keine Freunde sein.«

»Das ist lange her.«

»Nicht lange genug, dass die Erinnerungen tot wären, bei den Göttern wie bei den Menschen.«

Es war offensichtlich, dass Drei-Hände es gewohnt war, seinen jüngsten Bruder zu schikanieren, und dass Falkenbruder in Gegenwart des Ältesten schnell verdrossen reagierte. Pirvan legte beide Hände an den Mund und rief so laut »Holla!«, dass sein Pferd buckelte und stieg, bis er fast abgeworfen wurde. Alle Köpfe drehten sich zu ihm herum.

»Wir kommen ohne die Macht oder den Wunsch, den Greifen zu schaden«, sagte Pirvan scharf. »Und doch werden wir beleidigt. Und nicht nur wir, sondern auch unser Freund unter den Greifen, dein jüngerer Bruder. Es steht einem Außenseiter nicht zu, in einer familiären Streitigkeit zu richten oder eine Seite zu verteidigen. Aber eines sage und schwöre ich: Falkenbruder hat uns nach einem rechtmäßigen Zweikampf Freundschaft geschworen. Krieger beider Seiten und alle Wahren Götter sind Zeugen gewesen. Wer ihn beleidigt, beleidigt auch uns.«

Langes Schweigen folgte seinen Worten. Falkenbruder lief noch röter an, beide Seiten zogen die Waffen, und schließlich räusperte sich Drei-Hände.

»Bruder, ist das wahr?«

»Du beleidigst Sir Pirvan, wenn du es bezweifelst, aber das werde ich übergehen. Es ist wahr.«

»Trotzdem war es nicht gerade fair, dass sie einen Riesen gegen ...«

Pirvan hatte das noch nicht oft erlebt, aber jetzt warf Darrin doch den Kopf zurück und brüllte vor Lachen. Das Echo schallte einige Male hin und her. Bis es erstarb, waren weitere Worte unhörbar.

»Das ist die nächste Beleidigung, die ich vorläufig überhört haben will«, stieß Falkenbruder hervor. Er schien seine Fassung wiedererlangt zu haben. Pirvan hoffte, es würde ihm nicht *zu* viel Spaß machen, einen älteren Bruder zu reizen, für den er anscheinend nicht gerade übermäßige Zuneigung empfand.

»Sir Pirvan hat mich selbst herausgefordert«, sagte Falkenbruder. »Manche seiner Begleiter haben deswegen an seiner Weisheit gezweifelt, aber er hatte Vertrauen in seine Kühnheit und in die Gunst der Götter. Dieser Glaube hat ihm den Sieg gebracht. Und bevor deine Zunge darüber spottet, dass ich gegen einen Mann verloren habe, der alt genug ist, um mein Vater zu sein – wann warst du das letzte Mal bereit, den herauszufordern, der unser beider Vater ist?«

Das erzeugte eine neue, lange Stille in der Schlucht und weckte in Pirvan den starken Wunsch, Rotdorn zu begegnen. Wenn er diesen beiden starken, jungen Kriegern körperlich überlegen war, musste der Greifenhäuptling ein bemerkenswerter Kämpfer sein.

Schließlich brach Drei-Hände das Schweigen, indem er die letzten Sätze denjenigen aus seiner Gruppe übersetzte, die die gemeinsame Sprache nicht beherrschten. Dann löste er sorgfältig, mit deutlich sichtbaren Händen, seine Bogensehne, stieg auf einen Felsen und winkte mit beiden Händen.

Die Waffen seines Gefolges kehrten in Gürtel und Scheiden oder auf den Rücken zurück. Falkenbruder ließ vor Erleichterung die Schultern sinken. Pirvan gelang es nur durch schiere Willensanstrengung, sich nichts anmerken zu lassen.

»Wenn Falkenbruder euch Freundschaft geschworen hat, ist es angemessen, euch vor Rotdorn und Die-den-Himmel-berührt zu führen«, gestand Drei-Hände ihnen zu. »Nicht alle, natürlich; und jeder, der versucht, zu fliehen, zu spionieren oder Lagerregeln zu verletzen, wird als Friedensbrecher sterben. Aber ich werde nicht dem Beispiel meines Bruders folgen und so tun, als wäre mein Vater zu alt, um in wichtigen Fragen von Krieg und Frieden eine eigene Entscheidung zu treffen.«

Falkenbruder besaß die Selbstbeherrschung, weder zusammenzuzucken noch zu erröten noch auf diese letzte Beleidigung zu reagieren. Stattdessen wandte er sich auf seinem Pferd um und sprach zu seiner Gruppe ebenso wie zu Pirvans. »Achtet auf eure Pferde. Wir reiten auf der Stelle zum Gastlager, und denen, die ausscheren, wird es nicht gut ergehen.«

Die Zeugen der offiziellen Vermählung von Krythis und Tulia hatten seinerzeit aufstehen und sprechen müssen – mehrere, und keiner von ihnen hatte sich damit begnügt, nur die verlangten Eide abzulegen.

Jetzt, bei Rynthalas Volljährigkeitszeremonie, war es genauso. Viele standen auf, um den Tag von Rynthalas Geburt zu bezeugen, die ersten Zeichen ihrer Stärke und Klugheit und alles andere, was ihr oder anderen in den letzten achtzehn Jahren widerfahren war.

Irgendwann hätte Krythis am liebsten seinen Bogen gespannt und einen oder zwei der schier unermüdlichen Redner zum Schweigen gebracht. Aber das wäre an diesem Tag das schlimmste Omen gewesen – vor Hunderten von Zeugen, die Rynthala und ihren Eltern alles Gute wünschten, fast so sehr, wie sie sich danach sehnten, über die Tische voller Speisen und die Fässer mit den Getränken herzufallen.

»Wir haben es gleich geschafft«, flüsterte Tulia und kniff ihren Mann ins Bein. »Da kommt Sirbones.«

Der Priester der Mishakal ähnelte weniger einem Heiler als jemandem, der selbst einer Heilung bedurfte. Aber so hatte er auch ausgesehen, als er vor fünf Jahren aus den Bergen gekommen war, und seither war er nicht einen Tag krank gewesen. Inzwischen verdankten ihm Scharen von Leuten aus der Zitadelle Belkuthas ihr Leben oder ihre Gesundheit, wie auch buchstäblich Hunderte aus zahlreichen Rassen in anderen Ländern.

»Bei Mishakal und allen Göttern, deren Wille die Gesundheit von Geist und Körper beeinflusst – ich schwöre«, verkündete Sirbones. Seine Stimme war hoch und brüchiger als früher, aber sie trug noch. Außerdem war er einer der wenigen in der Zitadelle, der nur sprach, wenn er wirklich etwas zu sagen hatte.

»Ich schwöre, dass Rynthala, Tochter von Krythis und Tulia, bei bester Gesundheit ist, so gesund, wie eine Frau ihres Alters es nur erwarten kann, schnell und stark im Kampf, voll heiratsfähig, so sie dies wünscht, und gebärfähig, wenn die Götter es so wollen. Das schwöre ich, und im Namen der Mishakal und aller Götter, deren Wille die Gesundheit von Geist und Körper beeinflusst, niemand soll es wagen, etwas anderes zu behaupten.«

Dann rammte Sirbones die Spitze seines Stabs in den Boden. Eine flimmernde Kugel aus blauem Licht umschloss ihn und sandte nach allen Seiten einen kräftigen Windstoß aus. Staub,

Steinchen, Hüte und halb verzehrte Kekse flogen wie Blätter in einem Herbststurm herum.

Das Licht ließ nach. Krythis starrte seine Tochter an. Tulia hielt ihn umklammert.

Es war unmöglich, dass Rynthala durch einen einzigen Zauber eine Handbreit gewachsen war, aber ihre neuen Kleider ließen es so wirken. Sie trug feine weiße Seidenhosen, die in Stiefeln aus bernsteinfarbenem Leder steckten, welche steif genug waren zum Gehen und doch locker genug am Schaft, um Waffen zu bergen.

Um ihre schlanke Taille lag ein Gürtel, in dessen mit Silberdraht geschmückten Scheiden ihr Lieblingsschwert und ihr Dolch steckten. Der Gürtel war mit Korallen besetzt, und Krythis hätte ein Fass Zwergenschnaps verwettet, dass die Schnalle mit Rubinen verziert war.

Oben trug Rynthala ein weißes Seidenhemd mit Spitzen an Halsausschnitt, Nacken und Ärmeln und darüber eine ärmellose, blaue Tunika, die so herunterhing, dass man ahnte, dass sie eine Rüstung verbarg. Zudem war sie mit Beuteln und Taschen für Waffen und Kampfausrüstung versehen.

Um den gebräunten Hals trug Rynthala die Silberkette, die ihre Eltern ihr zu ihrem zwölften Geburtstag geschenkt hatten. Aber anstelle eines der anderen geschenkten Medaillons hing an der Kette nun eine schlichte Zinnscheibe mit dem Büffelkopfsiegel von Kiri-Jolit.

Seltsames Geschenk von einem Heiler, dachte Krythis. Dann fiel es ihm ein. Kiri-Jolit war der älteste Sohn von Paladin und Mishakal. Einer von Mishakals Priestern würde eine Kriegerin bestimmt erkennen, wenn er sie sah.

Alle schwiegen, während Rynthala fieberhaft um Worte rang. Dann zog sie ihr Schwert und hielt es mit dem Griff nach oben an die Zinnscheibe.

»Bei diesem Schwert und bei Kiri-Jolit schwöre ich, niemandem hier Schande zu machen.« Mit einer fließenden Bewegung warf sie ihr Schwert hoch, fing es am Heft auf und schob es wieder in die Scheide.

»Ich werde nicht schwören, jedem zu danken. Zumindest nicht, ehe meine Kehle etwas zu trinken bekommen hat.«

»Dann lasst das Festmahl beginnen!«, rief Tulia.

Ein Zwerg, der mit einem Holzhammer bereitstand, donnerte diesen gegen einen Zapfen, den ein Kender an ein Fass hielt. Der Hammer traf und der Zapfen drang in das Holz ein. Der Kender tat, als wäre er selbst getroffen worden, und hüpfte heulend herum, bis er plötzlich einen Überschlag machte und auf seinen »zerschmetterten« Händen landete. Lachend versuchte jeder, den ersten Platz in der Schlange vor dem Fass zu ergattern.

Pirvan und die Wüstenkrieger waren noch nicht weit gekommen, als der Ritter merkte, dass man seine Leute absichtlich im Land hin und her führte. Ob Drei-Hände nur beabsichtigte, die wahre Position des Hauptlagers der Greifen geheim zu halten, oder ob er Pirvans Truppe verirrt und hilflos ausgeliefert verraten wollte, wusste der Ritter nicht.

Es kümmerte ihn auch nicht. Darrin, Haimya und zwei der Soldaten, die früher Waldläufer gewesen waren, besaßen die geradezu magische Fähigkeit, sich an Wege und Wahrzeichen zu erinnern. Sie alle lehrten Gerik und Eskaia diese Kunst und die hatten nichts dagegen, etwas so Nützliches zu erlernen.

Wenn Drei-Hände einen Verrat plante, war sein Verhalten eher eine Warnung für die beabsichtigten Opfer, schwächte sie aber nicht. Außerdem würde er von seinem Bruder etwas zu hören bekommen, wenn man nach Falkenbruders Miene urteilen konnte. Mit jedem Schritt in den Wirrwarr von Hügeln, Schluchten und struppigen Bäumen, den Drei-Hände anzupeilen schien, wurde das Gesicht des jungen Kriegers finsterer.

Einmal erhaschten sie fern im Hitzedunst, am Grund eines Tals, einen kurzen Blick auf das, was möglicherweise das Hauptlager der Greifen war. Pirvan wagte nicht, sein Pferd zu zügeln, um die Szene näher zu betrachten, bezweifelte aber ohnehin, dass er dadurch viel erfahren hätte. Aus dieser Entfernung war kaum festzustellen, ob das Lager aus Hütten oder aus Zelten bestand, einen eigenen Brunnen, Kochhäuser oder Kochfeuer hatte und ob es fünfhundert Krieger ausspucken konnte oder fünftausend.

Mehr als Ersteres, weit weniger als Letzteres, schätzte Pirvan. Nur ein einziger Clan unter den Freien Reitern hatte sich jemals genau zählen lassen, nämlich die Blauen Adler. Wenn sie jeden bewaffneten, der eine Waffe halten konnte, selbst wenn er oder sie nicht im Sattel sitzen konnte, brachten sie zweitausend kämpfende Männer und vielleicht fünfhundert Frauen auf. Nicht alle davon würden brauchbar sein, außer um Lager zu verteidigen, wozu kein Gegner, der noch ganz bei Verstand war, die Freien Reiter zwang, denn dann kämpften sie bis zum Tod.

Aber ganz sicher würde es den Greifen nicht schwer fallen, Pirvans Truppe so gründlich auszulöschen, dass niemand erfahren würde, wo ihre Gebeine ruhten. Dass man sie rächen würde, war kein großer Trost; Rache würde bedeuten, dass die Ritter sich mit Istar verbündeten, um gegen die Freien Reiter ins Feld zu ziehen und hinterher die Silvanesti zu bekriegen.

Der Weg führte sie bald tiefer ins Bergland, wo Klippen und Grate die Reiter häufig in Schatten tauchten. Über ihnen, wo die Sonne das Gestein berührte, leuchtete es wieder orange, tiefrot, golden und in namenlosen Farben, mit denen die Götter dieses Land bedacht hatten, als die Welt Gestalt annahm.

Auch die Vegetation wurde dichter, als würde es hier mehr Wasser geben. Pirvan war nicht überrascht, als sie an einem Teich von gut fünfzig Schritt Durchmesser anhielten. Drei-Hände gab ein Zeichen, einer seiner Reiter blies in ein Horn und alle Freien Reiter saßen ab.

»Von hier aus dürfen nur drei von euch mich begleiten, um euer Urteil zu erfahren«, sagte Drei-Hände.

»Mit welchem Recht …?«, setzte Gerik an, bevor sein Vater, seine Mutter, seine Schwester und sein Lehrer ihn mit wütenden Blicken zum Schweigen brachten.

»Mit dem Recht des Häuptlings und dem Recht der Seherin, denn ihr werdet meinem Vater, Rotdorn und unserer Weisen Frau, Die-den-Himmel-berührt, vorgestellt«, erklärte Drei-Hände. Gerik erinnerte sich immerhin so weit an seine Manieren, dass er sich zum Dank für die Antwort höflich verneigte.

Pirvan sah sich nach einem Schrein, einem Geisterhaus oder einem anderen Treffpunkt um, als zwei von Drei-Händes Männern anfingen, an einem langen Seil aus geöltem Leder zu ziehen. Die Augen des Ritters folgten dem Seil auf den Teich hinaus und sahen ein kleines Boot aus Häuten auf sie zugleiten. Dahinter lag ein schmaler steinerner Sims und über diesem Sims der dunkle Eingang einer Höhle.

Nachdem dies geklärt war, begann Pirvan nun zu überlegen, wer mitkommen sollte. Er selbst natürlich, Tarothin und dazu entweder Haimya oder Darrin.

Haimya, beschloss er. Das wäre eine höfliche Geste gegenüber Die-den-Himmel-berührt. Und wenn es notwendig würde, über weibliche Mysterien zu sprechen (von denen die Freien Reiter angeblich viele hatten), würde Haimya die einzige sein, die rechtmäßig mit der Weisen Frau reden konnte.

Pirvan sah Haimya fragend an und fand ihre Zustimmung. Als er dem Zauberer einen Blick zuwarf – sah er, wie dieser nachdrücklich den Kopf schüttelte.

Am liebsten hätte der Ritter Tarothin geschüttelt, bis dem Zauberer der letzte Zahn aus dem Mund fiel. Dann sah er, wie die Rote Robe ihre Finger in komplizierten Bewegungen tanzen ließ. Ein uneingeweihter Beobachter musste glauben, dass er einen einfachen Spruch durchführte oder einfach Krämpfe in den Händen hatte.

Pirvan übersetzte so schnell, als wenn der Zauberer gesprochen hätte: *Drei-Hände scheint nicht zu wissen, dass ich ein Magier bin. Wir können ihn leichter überraschen, wenn ich zurückbleibe und krank spiele. Außerdem könnte die Höhle von Die-den-Himmel-berührt geschützt sein, sodass darin nur sie selber zaubern kann.*

Pirvan nickte kurz. Er vertraute Tarothin in vielen Dingen, einschließlich seiner Loyalität und seiner Schauspielkunst. Immerhin hatte er einst nicht nur den Ritter und viele seiner Begleiter, sondern auch die Istarer Untergebenen des Königspriesters und sogar die Spione der Priesterschaft der Zeboim, der verruchten Herrin der Meere, an der Nase herumgeführt.

Es würde ihm nicht schwer fallen, Drei-Hände zu täuschen, der vor Selbstsicherheit triefte wie ein Bienenstock, aus dem im Herbst der Honig tropft.

Pirvan musterte sein Gefolge. Darrin war der nahe liegende Ersatz für Tarothin, aber den brauchte die Gruppe als Anführer für den Fall eines Verrats. Außerdem würde sein Gewicht das Boot vielleicht zum Sinken bringen.

Der Ritter schluckte. Das war ein Moment, den er hatte kommen sehen, doch er wünschte, er wäre später oder unter einfacheren Begleitumständen gekommen.

»Gerik, du bist der dritte. Drei-Hände, geh voraus.«

Und, ihr Götter, lasst Eskaia so klug sein, sich unter Darrins Schutz zu stellen, wenn keiner von uns zurückkommt, dachte Pirvan. *Außer ihm wird sie kaum jemand beschützen, ohne gleich ihre Hand zu verlangen.*

Krythis hielt nichts davon, alles durcheinander zu trinken. Außer Zwergenschnaps gab es Branntwein, Met, Bier und mindestens drei Sorten Wein. Dazu sogar ein Fässchen mit etwas, das unter so geheimnisvollen Umständen aufgetaucht war, dass Krythis es argwöhnisch für ein Geschenk von Gossenzwergen hielt.

Er hatte sich an das Bier gehalten. Zwischendurch hatte er auch herzhaft gegessen – Wildbret und Schweinswürste, Räucherfisch, geschmorte Pilze, Eier im Schinkenmantel und andere nahrhafte Dinge, unter denen sich die Tische bogen, bis sich später die Gäste die Bäuche hielten.

Krythis sah Tulia durch die Menge auf sich zukommen. Sie schritt an drei Kendern vorbei, die einander in einer Weise abwechselnd vom Tisch stießen, die weniger biegsamen Leuten alle Knochen gebrochen hätte. Jetzt war sie im Freien und wiegte sich in den Hüften, wie sie es in nüchternem Zustand nie gewagt hätte.

Als sie bei ihm war, lehnte sie sich an ihn, und plötzlich waren ihre Wärme und Krythis' Begehren real. Sie liebkoste ihn, wo niemand ihre Hand sehen konnte, dann flüsterte sie: »Die Zentauren.«

»Mögen ihre Hufe verfaulen.«

Immer noch halb ineinander verschlungen, hielten sie auf die Gästehütten zu. Diese bildeten ein Quadrat und in der Mitte des Quadrats spielten zwei Zentauren (die einzigen, die aufgetaucht waren, obwohl die ganze Familie eingeladen war) Tauziehen mit einem der Tische.

Ein begeistertes Publikum hatte sich um sie geschart, sodass sie den Wettstreit selbst in nüchternem Zustand kaum freiwillig abgebrochen hätten.

»Halt!«, rief Krythis. »Ihr könnt doch nicht die Möbel zerschlagen. So weit geht das Gastrecht nicht.«

»Wer sagt das?«, antwortete der kleinere Zentaur. Sein größerer Rivale, ein kräftiger Rotschimmel mit Glöckchen im Schweif, war entweder weniger betrunken oder klüger. Er hielt eine Hand hoch.

»Oh, Entschuldigung, Krythis. Aber wir müssen diesen Streit beilegen, bevor wir gehen. Frieden in der Familie und so, das verstehst du doch sicher.«

Krythis hatte nicht die Absicht, um den Preis von Kämpfen im eigenen Haus den Frieden in den Zentaurenfamilien zu erhalten, aber eine glatte Zurückweisung konnte aus der Rauferei im Nu Ernst werden lassen. Zentauren waren so unberechenbar wie Kender, aber dank der Gnade der Götter erheblich seltener.

Dann flüsterte Tulia ihrem Mann etwas ins Ohr, was anderen wie ein unwiderstehliches Angebot erscheinen musste. Krythis nickte und grinste.

»Meine Freunde. Das hier ist natürlich eine Frage der Ehre, deshalb will ich euch nicht davon abhalten, sie zu klären. Aber erlaubt mir, euch hierzu zwei gute Stäbe anzubieten. Sie sind gepolstert, damit niemand verletzt wird, aber genau für derartige Streitigkeiten gedacht. Wenn ihr warten könntet, bis sie euch gebracht werden, werde ich euch außerdem ein Fläschchen unseres besten Branntweins übergeben lassen, mit dem ihr euch in den Pausen erfrischen dürft. Und für die Zuschauer soll man ein neues Fass Bier holen, wenn die Zwerge nicht schon alles ausgetrunken haben!«

Unter allgemeinem Gelächter schlüpfte Tulia davon. Sie würde mit Dienern, Stäben und Branntwein zurückkehren. Krythis wusste, dass der Branntwein aus einem besonderen Fass stammen würde, das Sirbones am Morgen vorsorglich verzaubert hatte. Ein Schluck daraus würde einem jede Kampflust austreiben. Ein zweiter würde einem auch die Fähigkeit zum Kämpfen rauben. Ein dritter würde einen tiefen Schlaf hervorrufen, aus dem der Betroffene mit einem Bärenhunger, aber ansonsten unversehrt erwachen würde.

Als Tulia verschwand, wiegte sie sich nicht mehr in den Hüften, aber ihrem Ehemann kam sie begehrenswerter vor denn je, falls das überhaupt möglich war. Er war mit ihr gesegnet und zeigte das in Worten und Taten, wann immer er Gelegenheit dazu bekam, und sie erwiderte seine Komplimente.

Aber war sie mit ihm gesegnet wie er mit ihr? Wenn sie jemand anderen geheiratet hätte, hätte sie vielleicht schon die Volljährigkeit von zwei oder drei gesunden Kindern gefeiert, anstatt an den drei Gräbern ihrer jung verstorbenen Nachkommen alte elfische Totenklagen anzustimmen. Oh, Rynthala allein war zwei Töchter oder Söhne wert, aber manchmal glaubte Krythis, tief in Tulia eine Leere zu sehen, die nur der wahrnahm, der sie kannte und in diesen blauen Augen zu lesen wusste …

»Unsinn!« Das wütende Schimpfen eines Mannes.

»Ich habe keinen Streit mit …«, fing eine Frau an. Sie wurde nicht laut, weshalb Krythis die Worte nur gerade so eben verstehen konnte, aber ihre Stimme hörte sich bekannt an.

Die nächsten drei Worte waren noch wütender und weitaus gröber als das erste.

Der Frau riss der Geduldsfaden. Mit einer Stimme wie ein Schlachtruf brüllte sie: »Und Ihr, mein Herr, seid der Bastard einer Eselin, die vor Schande heulen würde, wenn sie sehen könnte, wie Ihr Euch so erniedrigt.«

Dann schienen hundert Stimmen gleichzeitig zu schreien, nur wenige davon höflich oder klug. Aber Krythis hörte auf niemanden. Er zog sein Schwert, mehr, um sich einen Pfad durch die Menge zu bahnen, als zur Verteidigung, und eilte auf die Stelle zu, wo die Frauenstimme sich erhoben hatte.

Das war Rynthalas Stimme gewesen, und wenn sie so mit ihrer Zunge auf jemanden losging, war sie unendlich zornig. Aber auch der Mann, um den es ging, schien nicht gerade ein Musterbeispiel an Vernunft und Freundlichkeit zu sein.

Ich hoffe, Tulia bringt ihre Aufgabe zu Ende, bevor sie mir zur Hilfe kommt, dachte Krythis. *Aber vielleicht lenkt dieser Zwischenfall die Zentauren auch von ihrem kleinen Zwist ab.*

Kapitel 6

Der Eingang der Höhle führte zunächst in einen dunklen, gewundenen Gang, der von unruhigem Fackellicht aus Messinghaltern nach alter elfischer Machart beleuchtet wurde. Die Fackeln spendeten Licht in verschiedenen Farben – gelb und rot … und ein Grün, das jeden aussehen ließ wie eine Moorleiche.

Es machte sogar Haimya hässlich; dabei hätte Pirvan geschworen, dass weder die Jahre noch die Götter so etwas hätten zustande bringen können.

Das schwache Licht und die vielen Biegungen des Gangs machten Gerik unruhig. Mit weit aufgerissenen Augen und fest bemüht, den Mund geschlossen zu halten, hatte er die Hand so dicht am Schwert, dass Pirvan ihn unruhig beobachtete. Die beiden Brüder der Freien Reiter sahen sich überhaupt nicht nach den anderen um, was für Pirvan entweder ein Zeichen großen Vertrauens oder ein Signal dafür war, dass der Gang gegen Verrat abgesichert war.

Schließlich hörten die Windungen auf. Es folgte eine Reihe kurzer, gerader Tunnel, die jeweils nahezu rechtwinklig voneinander abknickten. Der Weg fiel nach links ab, sodass die Schwertarme heranstürmender Angreifer durch die Wände gebremst werden würden. Pirvan kannte die Prinzipien der Wendeltreppen in Burgtürmen, hatte sie aber hier nicht erwartet.

Genauso wenig wie er Steinarbeiten diesen Ausmaßes bei den Wüstenbewohnern erwartet hatte. Dieser unterirdische Treffpunkt musste durch Magie geschaffen oder sehr alt sein, aus Tagen, als mehr Menschen in diesem Land gelebt hatten … Höchstwahrscheinlich beides.

Außerdem musste es einen kürzeren Weg ans Tageslicht geben, wenn der Ort häufig benutzt wurde. Mit Handzeichen bedeutete Pirvan Frau und Sohn, nach Hinweisen auf diesen kürzeren Weg Ausschau zu halten. Das konnte nützlich sein, falls sie sich schnell zurückziehen mussten.

Haimya und Gerik hatten die Signale gerade bestätigt, als der letzte Gang endete und sie die eigentliche Höhle betraten. Ihre Größe war schwer abzuschätzen, denn sie erschien höher als breit. Die gegenüberliegende Wand war deutlich zu erkennen, die Decke lag jedoch im Schatten verborgen. Auf der anderen Seite, die gleichermaßen aus behauenen Steinen und luftgetrockneten Ziegeln wie aus naturbelassenem Gestein bestand, brannten Fackeln in Halterungen.

Aus dem natürlichen Gestein hatten die alten Steinmetze zwei Sitzplätze herausgehauen, von denen jeder groß genug war, um zwei Männer von Darrins Größe bequem aufzunehmen. Die Plätze waren kunstvoll mit reliefartigen Blumen und Bäumen verziert, die – nach allem, was Pirvan wusste – hier nie gewachsen waren.

Pirvan brauchte nicht zu fragen, wer auf den beiden Plätzen saß. Der Mann war sichtlich vom selben Schlag wie Drei-Hände und Falkenbruder und die Frau hatte die Ausstrahlung von jemandem, der in die Vergangenheit und die Zukunft, in Körper und Seele und wohin sonst er wünscht, blicken konnte – jemand, gegen den jeder Widerstand dumm, verbrecherisch und überflüssig wäre.

Bei manchen Zauberern war dies eine Haltung, die einer ernsthaften Herausforderung nicht standhielt. Pirvan bezweifelte, dass dies für Die-den-Himmel-berührt zutraf.

»Willkommen, Besucher der Heimat der Greifen«, sprach Rotdorn. Seine Stimme war höher, als man es von einem Mann seiner Größe erwartet hätte, aber sie trug gut. Er war auch groß und stark genug, um seinen Söhnen gewachsen zu sein, wenn er gesund blieb.

»Seid gegrüßt, Häuptling und Weise Frau der Greifen«, sagte Pirvan. »Wir sind gekommen …«

»Wie, wäre noch zu entscheiden«, unterbrach ihn Die-den-Himmel-berührt. »Sprecht, Söhne von Rotdorn. Es ist unser Wunsch, zu erfahren, wie ihr diesen Besuchern begegnet seid.«

Pirvan hatte gehört, dass Erzählen unter den Freien Reitern als angesehene Kunst galt. Jedenfalls berichteten beide Häuptlingssöhne so schnell und gründlich von ihren Expeditionen wie gut ausgebildete Pfadfinder ihrem Hauptmann. Nichts aus beiden Geschichten schien Rotdorn oder Die-den-Himmel-berührt aus der Ruhe zu bringen, aber Pirvan hätte sein zweitbestes Schwert darauf verwettet, dass die Gelassenheit nur gespielt war.

Den Erzählungen der Söhne folgte wieder ausgedehntes Schweigen. Als Pirvan fast schon annahm, er würde zum Großvater werden, bevor die beiden Greifenanführer antworteten, nickte Rotdorn schließlich der Weisen Frau zu.

»Den Worten, die wir gehört haben, entnehme ich, dass ihr Fremde, aber vielleicht keine Feinde seid.«

»Sie können keine ...«, setzte Falkenbruder an, wurde aber augenblicklich von einem Räuspern seines Vaters zum Schweigen gebracht.

»Das ist durchaus möglich«, schalt Die-den-Himmel-berührt. »Aber sie haben einen Zauberer mitgebracht, den weder ihr noch sie bisher erwähnt haben. Was mögen sie noch verbergen? Am Ende hat dieser Zauberer eure Erinnerungen beeinflusst, um diese Geheimnisse zu wahren?«

»Ich lüge nicht«, fuhr Drei-Hände auf.

»Das habe ich auch nicht behauptet«, erwiderte Die-den-Himmel-berührt. Ihr Ton schien den älteren Bruder noch mehr zu tadeln als den jüngeren, was Pirvan wieder hoffen ließ.

Diese Hoffnung erstarb im nächsten Augenblick. Die-den-Himmel-berührt runzelte die Stirn. »Es gibt nur einen Weg, den wir gehen können. Ihr müsst mir Euren Geist und Euer Herz öffnen, Sir Pirvan. Nichts soll mehr verborgen bleiben, dann werden wir die Wahrheit über Eure Anwesenheit wissen.«

Aber auch, dachte er, *viel zu viele Geheimnisse der Ritter von Solamnia, die ich gemäß Ehre, Eid, Maßstab und gesundem Menschenverstand zu bewahren habe.*

Es zählte nicht, ob die Greifen Freund oder Feind waren, jetzt oder jemals. Die-den-Himmel-berührt verlangte so ganz nebenbei von Pirvan, dass er Geheimnisse preisgab, für deren

Bewahrung Ritter unter der Folter oder durch eigene Hand gestorben waren.

Das ist vielleicht nicht direkt Verrat, überlegte Pirvan, *aber wenn wir tot sind, wird das kaum einen Unterschied machen.*

Er schüttelte den Kopf. »Mein Eid als Ritter von …«

»Ritter wie du haben viele Eide geleistet, aber es waren die gegenüber Istar, die sie mit unserem Blut gehalten haben!«, brüllte Drei-Hände. »Deshalb wissen wir, was die Eide der Ritter wert sind, wenn es für unser Volk um Leben und Tod geht.«

»Oh, hört doch auf, alte Wunden aufzureißen«, warf Gerik ein. Ehe jemand ihn tadeln konnte, fuhr er fort: »Weiser Häuptling, weise Seherin. Ihr müsst nur die Wahrheit über unsere Ziele hier erfahren, weiter nichts. Nehmt meinen Geist und mein Herz, wo ihr alles finden werdet, was ihr braucht. Lasst meinen Vater und meine Mutter in Frieden, denn sie würden eher sterben, als sich zu unterwerfen.«

»Das ist gut möglich …«, fing Drei-Hände an.

»Erst musst du mein Blut vergießen, denn ich bin verpflichtet …«

»Leuten, die zum Zeitvertreib ›Barbaren‹ töten?«, schrie Drei-Hände.

Inzwischen hatte Pirvan seine Frau und seinen Sohn zu einem Dreieck zusammengezogen, in dem sie einander die Flanken schützten und kein Rücken ungedeckt war. Sie zogen aber keinen Stahl; Pirvan gelobte, dass er diese Ehrlosigkeit den Freien Reitern überlassen würde.

Wenn die beiden Söhne von Rotdorn aufeinander losgehen überlegte Pirvan, *wird das dann unter den Greifen für genug Verwirrung sorgen, um uns die Flucht zu ermöglichen?*

Vielleicht. Vielleicht würde es auch dazu führen, dass die Greifen feindlichen Clans oder den Istarern leichter zum Opfer fallen würden. Doch wenn das geschah, würde dies Pirvans Eid an Falkenbruder brechen, der bereit schien, gegen seinen eigenen Bruder oder gar gegen den Vater zu kämpfen, um sein Gelöbnis zu halten. Wieder sah Pirvan einen Weg, der gleichermaßen dumm wie ehrlos war.

Dann sah er einen Augenblick gar nichts mehr. Mitten in der Höhle entlud sich ein Gewitter und alle wurden von einem gleißenden, silbernen Licht geblendet, während der Donner krachte. Pirvan war sicher, dass die Höhle einstürzen und ihn ehrenhaft unter dem Geröll begraben würde.

Als er wieder sehen und hören konnte, fehlten ihm die Worte.

In der Mitte der Höhle stand Tarothin, auf seinen Stab gestützt.

Abgesehen davon, dass er nur die Breitseite seines Schwerts benutzte, ließ Krythis nichts unversucht, um schneller durch die Menge zu dringen. Damit kam seine Tochter in Sicht, als ihr Streit den Höhepunkt erreichte.

Sie stand einem großen Mann gegenüber, in dem Krythis einen umherziehenden Pfeilmacher erkannte. Der Mann, der in seinem Beruf recht geschickt war, hatte eine Schwäche fürs Trinken und für Frauen – und offenbar auch ein schwaches Gedächtnis.

Jedenfalls behauptete er, sich an ein Versprechen von Rynthala zu erinnern, das sie, wie ihr Vater sicher war, weder diesen Mann noch einem anderen je gegeben hatte. Er behauptete, sich an dieses Versprechen zu erinnern, und war jetzt gekommen, um zu verlangen, dass es eingelöst wurde. Und das lautstark vor einer Menge von vielen Freunden und Verwandten der Frau, aber kaum jemandem von seiner Seite.

Will dieser Sohn einer Eselin sich umbringen lassen? fragte sich Krythis. *Ob jemand anders daran Interesse hat?*

Er hätte Rynthala die Sache selbst beilegen lassen können, aber wenn es hier um mehr als um einen dummen Betrunkenen ging …

Gleich darauf begriff Krythis, wie erwachsen seine Tochter wirklich war und wie wenig sie seine Hilfe brauchte.

Der Mann stürmte vor. Ein paar Gäste in seiner Nähe griffen vergeblich nach dem zerlumpten Hemdzipfel, der hinter ihm herflog. Der Einzige, der etwas zu fassen bekam, war ein Kender, doch der war zu leicht, um den Mann aufzuhalten. Der Mann warf sich auf Rynthala.

Die junge Frau sprang zurück und rollte sich weg. Ihre Knie fuhren hoch und beide trafen den Mann in der Leistengegend.

Hinterher erzählten einige Zeugen, der Angreifer wäre mannshoch durch die Luft geflogen. Weniger nüchterne Augenzeugen erzählten noch unglaubwürdigere Geschichten. Krythis war sicher, dass der Mann höchstens eine Armlänge hochgesegelt war, aber das reichte Rynthala, um sich wegzurollen, aufzuspringen und ihren Dolch zu ziehen, falls die Sache nur mit Stahl beizulegen sein sollte.

Das war sie nicht. Der Mann wand sich mit schmerzverzerrtem Gesicht wie ein Aal auf dem Boden. Rynthala kniete neben ihm nieder, dann stand sie wieder auf und steckte ihren Dolch ein.

»Kann jemand Sirbones holen?«, rief sie. »Dieser Prahlhans bleibt ohne Heilung womöglich fürs Leben entmannt, und das hat er vielleicht doch nicht verdient.«

Jemand musste Sirbones wirklich gerufen haben, denn einige Minuten später tauchte der Priester der Mishakal auf. Die meisten anderen Zuschauer waren damit beschäftigt, Rynthala hochleben zu lassen, ihr auf den Rücken zu klopfen oder sie auf die Schultern zu heben (womit die Zwerge und Menschen erfolgreicher waren als die Kender).

Krythis versuchte, jemanden zu entdecken, der weniger glücklich über Rynthalas blutlosen Sieg war, aber alles wimmelte zu schnell durcheinander. Wenn der Pfeilmacher in der Menge Verbündete hatte, so spielten sie ihre Rolle gut.

Schade, dachte Krythis. *Wenn ich einen fände, der vorhat, an Rynthalas großem Tag eine Blutfehde anzuzetteln, würde ich den derart entmannen, dass es nichts mehr zu heilen gäbe.*

Dann zogen ein paar Gäste – er konnte nicht feststellen, zu welcher Rasse sie gehörten – ihn in eine Reihe Tanzender. Jemand anders drückte ihm einen Becher in die freie Hand und er leerte ihn, ohne zu fragen, was er enthielt, und ohne sich hinterher zu erinnern, was es gewesen war.

Es sollte nicht der letzte Becher bleiben. Irgendwann während des Trinkens sah Krythis, dass Rynthala sich zu den Tänzern gesellt hatte. Ihre Bewegungen waren mindestens so anmutig wie die ihrer Mutter, und obwohl ihre Kleider bei dem Handgemenge Flecken davongetragen hatten, erschien sie immer noch einer Königskrone würdig.

Eines Tages wird sie dieses Versprecben geben und halten, dachte Krythis unwillkürlich, *und an dem Tag werden die Götter wissen, wo sie den glücklichsten Mann auf Krynn entdecken.*

»Lang lebe Rynthala!«, brüllte jemand.

»Sie soll leben!«, schrie Krythis und dann wünschte jeder jedem ein langes Leben und vieles mehr. Die Zwerge schlugen die Trommeln, die Kender stimmten mit ihren Hupaks ein und eine Flöte, die ganz nach der von Tulia klang, erhob sich silbern und süß über all den Radau.

Die erste Reaktion auf Tarothins Auftauchen kam von Drei-Hände. Er zog einen Dolch aus dem Gürtel, und zwar so schnell, dass er aus seiner Hand gewachsen zu sein schien. Dann zuckte sein Arm nach vorn.

Tarothin blieb stehen, ohne die Hand oder den Stab zu heben oder einen Spruch zu entfesseln. Er schwankte nur leicht unter dem Anprall des Dolches, als dessen Spitze in seine Brust eindrang. Dann zog er den Dolch heraus, untersuchte die Spitze und warf ihn kopfschüttelnd auf den Boden.

»Ein paar Schichten festes Leder reichen gegen Dolche und behindern beim Zaubern weniger als eine Kettenrüstung oder ein Plattenpanzer.«

Seine beiläufige Erklärung schien Drei-Hände noch mehr aufzubringen. Er warf sich auf Tarothin, prallte aber stattdessen gegen seinen Bruder, der ihm mit bloßen Händen entgegengesprungen war.

Die beiden Brüder rollten über den Boden. Bevor sie mehr vollbrachten, als einander die Kleider zu zerreißen und ihre Würde einzubüßen, stieg Rotdorn von seinem Platz. Er trug einen langen Speer und stieß mit dessen stumpfem Ende deftig nach Köpfen, Schultern, Gesäß oder was die Kämpfenden sonst noch darboten. Seine Schnelligkeit und Beweglichkeit zeigten deutlich, dass er leicht an seinen Jahren trug; Pirvan hoffte, sie würden einander nie im ernst gemeinten Zweikampf gegenübertreten müssen.

Im Nu standen die beiden Brüder wieder ein Stück voneinander entfernt. Mit finsteren Blicken starrten sie einander an und massierten sich ihre Glieder.

»Ihr braucht weder die Greifen noch eure Freunde mit eurem Blut zu verteidigen«, herrschte Rotdorn sie an. Er drehte sich zu Die-den-Himmel-berührt um. »Was hat das zu bedeuten? Ich dachte, diese Höhle wäre gegen jede Magie außer deiner gesichert. Außerdem hast du gesagt, dass keine Robe aus Istar deine Gedanken lesen könnte. Aber dieser Tarothin scheint genau das getan zu haben und dann hat er deine Schutzsprüche durchstoßen.«

Die-den-Himmel-berührt schien kurz vor einem Gefühlsausbruch zu stehen, aber ob vor Überraschung, vor Wut oder vor Gram (Pirvan bezweifelte, dass es auch Angst sein konnte), war schwer zu sagen.

Tarothin wandte sich der Seherin zu. »Sei gegrüßt, Die-den-Himmel-berührt«, sagte er mit einer Stimme, die einer Göttin gegenüber nicht ehrfürchtiger hätte sein können. »Ich bitte um Vergebung für mein Eindringen. Die Geheimnisse deiner Höhle und des Schutzzaubers darum sind bei mir sicher. Das heißt, sie sind bei mir sicher, solange die Geheimnisse der Ritter ...«

Die-den-Himmel-berührt schrie auf. Sie hob eine Hand und schleuderte magische Energie in einem gleißenden, grünen Blitz direkt auf Tarothin.

Ohne dass der Magier sich rührte, erhob sich sein Stab und begann, vor ihm herumzuwirbeln, bis er zu einer Scheibe verschwamm, aus der goldene Funken regneten.

Grüne Magie traf auf goldene Magie, und wieder erschütterte ein Donner die Höhle.

Wie lange das merkwürdige Gewitter diesmal anhielt, wusste Pirvan nicht. Er wurde wieder besinnungslos, diesmal länger als vorher.

Als er zu sich kam, sah er Tarothin auf dem Boden hocken. Rotdorn saß auf Die-den-Himmel-berührt. Der Häuptling hatte eine blutige Lippe und andere Spuren dafür, dass der Kampf nicht ganz einseitig abgelaufen war.

Pirvan sah sich vorsichtig um und stellte fest, dass die beiden Brüder ihren Vater betrachteten, als hätte dieser sich in einen Drachen verwandelt.

Der Erste, der etwas sagte, war Gerik.

»Freie Reiter. Mein Vater kann weder gegenüber den Rittern

noch gegenüber Falkenbruder seinen Eid brechen. Er kann einfach nicht zulassen, dass Die-den-Himmel-berührt in seine Gedanken eindringt. Ich habe es schon einmal angeboten und ich wiederhole es: Ich weiß genug, um jeden, außer vielleicht Die-den-Himmel-berührt, von unseren freundlichen Absichten zu überzeugen. Jetzt haben wir auch einen Zeugen, der Die-den-Himmel-berührt davon abhalten kann, mir zu schaden …«

»Und mich davon abhalten, in Geist und Herz dieses Jungen die Wahrheit zu lesen«, ergänzte die Seherin. Sie stand auf und schüttelte dabei Rotdorns Hand ab. Dennoch lächelte sie ihm zu, als sie glaubte, dass niemand hinsah. Pirvan vermutete, dass er gerade Zeuge des jüngsten Kapitels einer alten Liebesgeschichte geworden war.

»Die-den-Himmel-berührt«, sagte Tarothin. »Verpflichtest du dich, Gerik nicht zu schaden, wenn ich einen ähnlichen Eid leiste, das Gedankenlesen zwischen euch beiden zuzulassen?«

»Vielleicht.«

»Ja oder nein?«, forderte Tarothin in scharfem Ton, und Pirvan wusste, dass sein Ärger nicht gespielt war. »Wenn nicht, dann hast du gesehen, was ich aus deinen Schutzzaubern machen kann. Möchtest du andere gegen mich ausprobieren?«

Ein magisches Duell würde Tarothin wahrscheinlich nicht überleben und das musste die Rote Robe wissen. Er wusste bestimmt auch, dass dies für Die-den-Himmel-berührt kein Geheimnis war.

Wie belohnt man solche Treue?, dachte Pirvan.

»Hier wird heute nicht mehr gezaubert«, entschied Rotdorn. »Ich habe einen Vater gesehen, der lieber sterben würde, als einen der beiden Eide zu brechen, die in ihm miteinander ringen. Ich habe einen Sohn gesehen, der sein Leben riskiert, um seinen Vater zu retten. Ich habe meinen Sohn mit seinem eigenen Bruder kämpfen sehen, um Fremde zu verteidigen. Und ich habe einen großen Zauberer aus Istar gesehen, der seine Freunde mit seiner Magie und seinem Körper beschirmt, unter hohem Risiko für beides. Die-den-Himmel-berührt, du sagst, wir würden die Boten der Veränderung womöglich nicht erkennen, wenn wir ihnen begegnen. Ich sage, du hast dich geirrt. Wir sind ihnen begegnet und wir erkennen sie. Entweder werden diese Leute uns nicht schaden oder die Götter selbst haben uns verlassen. Und wenn sie das getan haben, bin ich immer noch Häuptling und erster Ehrenrichter der Greifen.«

Die-den-Himmel-berührt setzte sich mit einem matten Lächeln. »Ich habe nichts gegen deine Worte einzuwenden. Tarothin, können wir uns einmal von Zauberer zu Zauberin unterhalten, wenn ich heute nachgebe?«

»Wann immer du willst«, willigte Tarothin ein. »Allerdings erst, wenn ich wieder bei Kräften bin.«

Dann wurde er ohnmächtig, und als sie sicher waren, dass er nur erschöpft, aber nicht krank war, verkündeten Rotdorn und Die-den-Himmel-berührt gemeinsam den Frieden und schworen, die neuen Freunde der Greifen mit einem Festessen zu ehren.

Es war ein feierlicher Augenblick, der nur dadurch getrübt wurde, dass Pirvan und Haimya gleichzeitig versuchten, ihren Sohn zu umarmen, und am Ende einander in die Arme schlossen. Da lachte Drei-Hände über ihr Missgeschick und Falkenbruder warf seinem Bruder einen anerkennenden Blick zu, ehe er selbst Gerik umarmte.

Krythis saß auf einem abgesackten Teil der Wehranlagen, als er Tulia durch die Zwischenmauer am Außenwerk der Zitadelle treten sah – jedenfalls zeigten seine Augen ihm dieses Bild. Er blinzelte und versuchte, die Tulias zu zählen. Die Zählung begann bei drei, verminderte sich dann auf zwei und schloss schließlich mit einer.

Mittlerweile verstand er auch, warum er seine Frau durch massiven Stein hatte treten sehen. In Wahrheit war sie durch ein Loch in der Mauer gestiegen, die eine halbe Ruine war, aber die Monde hatten dem Boden draußen dieselbe Farbe wie den Steinen verliehen.

Das war eine angenehme Erkenntnis. Krythis war einigermaßen sicher, dass er nicht so viel getrunken hatte, jedenfalls hatte er versucht, sich zurückzuhalten. Er durfte nur ein paar eingebildete Dinge sehen, nicht viele.

Tulia schwankte zu ihm herauf und setzte sich auf seinen Schoß. Das war keine Illusion. Genauso wenig wie die Tatsache, dass sie dann beide auf den Boden glitten, ihren Rücken bequem an den Stein lehnten und die Arme umeinander schlangen.

Ebenso wenig war es Einbildung, dass Krythis' linke Hand auf einem Teil von Tulia ruhte, den er gewöhnlich nicht berührte, wenn möglicherweise andere zusahen. War jemand in der Nähe?

Sein Begehren kämpfte gegen die wiederkehrende Erinnerung an. Krythis wurde bewusst, dass er die Zentauren seit Rynthalas Kampf weder gesehen noch gehört hatte. Ja, er hatte nicht einmal *von* ihnen gehört. Was war aus ihnen geworden?

Diese Frage konnte er immerhin murmeln, sodass Tulia ihn im dritten Anlauf verstand. Sie lächelte schläfrig.

»Ich habe ihnen die Stäbe gegeben. Aber bis dahin waren sie auch ohne Sirbones' Branntwein schon mit der ganzen Welt versöhnt. Sie haben sich einen Schaukampf mit den Stäben geliefert, dann alle Hinzukommenden herausgefordert und danach getanzt. Die Leute haben Geld hingeworfen. Ich glaube, der Tanz endete damit, dass jeder Zentaur einen Zwerg auf dem Rücken und die Zwerge je einen Kender auf den Schultern hatten, und auf den Kendern saß auch etwas, aber ich weiß nicht mehr, was.«

»Kein Gossenzwerg jedenfalls«, meinte Krythis. »Die können bestimmt nicht so gut das Gleichgewicht halten.«

»Da redet der Richtige über das Gleichgewichthalten«, lachte Tulia und küsste ihn auf den Hals.

»Fass dich an die eigene Nase«, sagte Krythis und griff fester.

Tulia seufzte glücklich, dann flüsterte sie: »Ich habe Sirbones gefragt, ob er den Gästen einen Wahrheitstrank verabreichen könnte.«

»Um herauszufinden, ob jemand – irgendein Ränkeschmied – hinter diesem betrunkenen Pfeilmacher steckt?«

»Genau. Er hat gesagt, er könnte nicht genug für alle machen, und es wäre sowieso unrecht, es ihnen ohne ihre Einwilligung einzuflößen. Aber er hat immerhin noch acht Wachen ausgenüchtert, und die Nachtwache hat nichts getrunken, und es gab Zwerge und Kender, die bis zum Einbruch der Nacht wieder nüchtern waren. Rynthala wollte auch Wache halten.«

»Ausgerechnet heute?«

»Hast du noch nie von der alten Geschichte gehört, dass ein Mädchen, das in der Nacht ihrer Volljährigkeit Wache hält, eine Vision von ihrem künftigen Ehemann haben kann?«

»Nein.«

»Na, dann will ich dir davon erzählen.«

Allerdings war Tulia anschließend so damit beschäftigt, den Hals ihres Mannes zu streicheln und seine liebevollen Berührungen zu erwidern, dass diese Geschichte nie erzählt oder auch nur begonnen wurde, bevor sie beide in den Armen des anderen einschliefen.

Haimya und Pirvan waren auf der abendlichen Runde zu den Wachtposten, als sie auf Eskaia und Falkenbruder stießen.

Es war schon ziemlich dunkel, als sie aus der Höhle traten, sodass die beiden Gruppen (die vereinten Freien Reiter und Pirvans Begleiter) dicht beieinander, aber doch getrennt ihre Lager aufgeschlagen hatten. So weit im Greifenland und so nah an ihrer heiligen Höhle waren die Posten weniger zum Schutz gegen Feinde gedacht als dazu, geschwätzige Kämpfer beider Seiten davon abzuhalten, herumzustreunen und sich die Knochen oder den eben geschlossenen Frieden zu brechen.

Pirvan fragte sich, wie tragfähig dieser Frieden war. Wenn er überhaupt etwas taugte, war auch das Tarothin zu verdanken. Pirvan war noch keine angemessene Belohnung für die Rote Robe eingefallen und er bezweifelte auch, dass ihm dieser Einfall noch kommen würde, aber er wusste, dass die Ehre zumindest einen Versuch von ihm verlangte.

Rittertochter und Häuptlingssohn standen auf beiden Seiten eines Pferdes. Sie kämmte dem Tier die Mähne, während er die Hufe auf eingetretene Steine untersuchte. Sie standen ein ganzes Stück auseinander, aber Pirvan bemerkte, dass Falkenbruder jetzt wie Eskaia seine Haare zu einem einzigen Zopf geflochten hatte und dass sie eine Kette aus blassblauen Steinen trug.

Was noch keine Verlobungsgeschenke waren, soweit Pirvan wusste, aber jeder Clan hatte seine eigenen Bräuche.

Ich hoffe, die Greifen verlangen von einem Mann wenigstens, dass er den Vater der Frau um die Erlaubnis bittet, sie umwerben zu dürfen, überlegte Pirvan. *Sonst könnte Tarothins Arbeit vergeblich gewesen sein.*

Plötzlich wäre Pirvan fast gestolpert: Er hatte gerade darüber nachgedacht, wie es wäre, wenn seine Tochter einen »Barbaren« heiraten würde.

Der auch seine Eide geschworen hat, erinnerte er sich selbst, *die dafür sorgen werden, dass er Eskaia anständig behandeln wird, wenn sie ihn haben will, oder dass er andernfalls ihre Zurückweisung mit Würde annimmt.*

»Oh, Vater«, sagte Eskaia. »Ich dachte, du hättest dich schon hingelegt.«

»Ach, für mich altes Schlachtross ist die Zeit zum Absatteln noch nicht gekommen«, gab Pirvan zurück.

»Nein, und wenn es so weit ist, wird noch härter geritten werden als zuvor«, ergänzte Haimya. Eskaia und Pirvan wurden rot. Falkenbruder drehte sich weg, vermutlich um ein Grinsen zu verbergen.

»Ich wollte Tarothin fragen, was er sich dabei gedacht hat, einfach in der Höhle aufzutauchen«, sagte Falkenbruder. »Aber Eskaia – eure holde Tochter – hat mich überzeugt, dass *Ihr* diese Frage stellen solltet.«

»Warum sollte ich Tarothin so eine Frage stellen?«, erkundigte sich Pirvan. Er war so verwirrt, dass er fast aufgebraust wäre. Wenn diese Frage einen Sinn hatte, dann war ihm dieser entgangen, und den Mann zu beleidigen, der sie alle gerettet hatte, war absolut undenkbar.

»Ihm war überhaupt nicht bewusst, was er da tat ...«, fing Falkenbruder an.

»Willst du ihn etwa einen Narren nennen?«, erregte sich Pirvan.

Haimya legte ihm eine Hand auf den Arm. Er schüttelte sie ab, bevor ihm klar wurde, dass er vielleicht nicht beide Lager aufwecken sollte, damit sie diesen Wortwechsel mit anhörten.

»Nein«, erwiderte Eskaia. »Vater, könntest du Falkenbruder wohl zuhören?«

»Ich werde jedem zuhören, der etwas Sinnvolles zu sagen hat, und sogar jemandem, der das nicht tut, wenn auch nicht so lange.«

Jetzt zeigte sich wieder Falkenbruders Erzähltalent. Anscheinend hatte Tarothin das Leben aller aufs Spiel gesetzt, einschließlich seines eigenen und Rotdorns. Die Sprüche von Die-den-Himmel-berührt waren mächtig, ihre persönliche Magie nicht schwächer, und im Zorn konnte sie ihre Kräfte selbst auf Freunde loslassen. In der Höhle war sie gewiss erzürnt gewesen und Rotdorn hatte mit seinem Leben gespielt, als er sie unterworfen hatte.

Pirvan nickte langsam. »Ich werde Tarothin fragen, ob er wusste, wen er vor sich hatte, obwohl ich durchaus glaube, dass es so war. Ich möchte dich auch bitten, darüber nachzudenken, was wohl geschehen wäre, wenn er anders gehandelt hätte. Ich glaube, nicht einmal Die-den-Himmel-berührt hätte sich über einen Krieg zwischen den Greifen und den Rittern gefreut oder ihre Höhle gern in Schutt und Asche gesehen. Sie hätte auch nicht gerne mit angesehen, wie die Greifen einen Häuptling und zwei Häuptlingssöhne verloren hätten. Wer etwas anderes glaubt, würde *sie* eine Närrin schimpfen.«

Falkenbruder erschauerte vor gespieltem Schrecken. »Man hat Greifen schon für geringere Verbrechen auf Ameisenhügeln an den Pfahl gebunden. Nein, nein, ich will sie nicht als Närrin bezeichnen. Auch euren Freund nicht. Aber wenn er wusste, wen er vor sich hatte ...«

»Dann sind größere Lieder für geringere Helden gesungen worden«, schloss Eskaia. »Vielleicht solltest du eines verfassen.«

»Äh«, stieß Falkenbruder hervor, der jetzt genauso verdattert aussah wie zuvor Pirvan. »Ich bin kein guter Barde.«

»Ich habe ein paar deiner Lieder gehört und möchte etwas anderes behaupten«, entgegnete Eskaia. Sie hätte noch weitergesprochen, hätte Haimya nicht gehüstelt.

»*Ich* werde jedenfalls mit niemandem außer Pirvan reden, und bis morgen früh auch mit dem nicht viel«, sagte Haimya. »Wer die ganze Nacht weiterplaudern will, soll das gerne tun.« Sie legte ihrem Mann wieder eine Hand auf den Arm, allerdings mit einem leisen Unterschied, der Pirvan ihre Berührung gern annehmen ließ, und zog ihn von den jungen Leuten fort.

In ihrem Feststaat und mit einem geliehenen Soldatenmantel schritt Rynthala die Zinnen von Belkuthas ab. Der Mantel war ihr eigentlich zu klein, aber ihren eigenen hatte sie über ihre Eltern gebreitet, die sie schlafend im Außenhof entdeckt hatte. Sie hatte auch dafür gesorgt, dass zwei Wachen die ganze Zeit auf die beiden Acht gaben und zwei weitere das Außenwerk beobachteten.

Auch sie selbst wachte über ihre Eltern, wenn ihre Runden sie an ihnen vorbeiführte. Aber die meiste Zeit starrte sie nach Osten über das Land. Dort fiel das Gelände ab, erst steil, dann sanfter, ehe es sich in unberührten Wald verwandelte, der sich den ganzen Weg bis zur Ebene erstreckte.

Im Freien bewegte sich nichts als die Lichtpunkte und Rauchkringel von den Fackeln der Bauern, Waldbewohner und Gäste, die nah genug wohnten, um die Heimreise bei Nacht anzutreten, anstatt in der Zitadelle auf der Erde zu schlafen. Rynthala erwartete trotz der alten Legende auch nicht, dass sich etwas anderes regte. Wenn ein bewaffneter Krieger aufgetaucht wäre, hätte sie wahrscheinlich eher Alarm geschlagen, als in ihm ihren Zukünftigen zu sehen.

Dennoch würden die alten Weiber – und vielleicht auch ihre Mutter – glücklicher sein, wenn sie Wache hielt. Es war so leicht, Leute glücklich zu machen oder wenigstens dankbar und zufrieden, selbst unter Eheleuten. Obwohl das wahrscheinlich nicht für alle Eheleute galt. Aber auf Rynthalas Eltern traf es zu – sie waren besondere Leute, selbst unter den Halbelfen.

Sie kam an die Nordwestecke und betrachtete dort den Wald, der sich an die steileren Berghänge klammerte, welche sich zum Himmel erhoben. Auch dort nichts als ein Lichtfunke, möglicherweise von einem Gnomen oder Zwerg, der Schmiedearbeiten verrichtete, die in einer Höhle zu viel Rauch gemacht hätten.

Rynthala blieb eine Weile stehen, sah aber weiter nichts, sodass sie schließlich ihre Runde wieder aufnahm.

Mehr als zwei Augen musterten das Land um Zephros' Lager. Aber sie hatten nicht mehr Glück bei ihrer Suche nach Gefahren als Rynthala, die nach Männern Ausschau hielt.

Das war nicht nur ihnen anzulasten. Manche von ihnen waren erfahrene Söldner und eine Frau hatte die beste Nachtsicht im ganzen Lager.

Aber Kender sind schließlich klein und können sich gut verstecken. Wenn sie sich darüber hinaus in der Wüste auskennen, ist es, als besäßen sie einen Mantel der Unsichtbarkeit.

Kapitel 7

Die Greifen und Pirvans Gruppe aus Solamnia schlossen keine dicke Freundschaft, knüpften aber schnell alle nötigen Bande für den Frieden oder gar ein Bündnis. Zweifellos half dabei, dass Rotdorn deutlich zeigte, wie sehr sein Zorn jeden Friedensbrecher unter den Greifen treffen würde.

Er sprach sogar so deutlich für den Frieden – und Die-den-Himmel-berührt sowie die Häuptlingssöhne mit ihm – dass Pirvan zu seinen eigenen Leuten kaum noch etwas sagen musste. Er hatte sie alle sorgsam ausgewählt; jeder, der glaubte, einen Tagesritt von Gut Tiradot entfernt begänne das Land der »Barbaren«, war längst aus seinem Dienst ausgeschieden.

Um seiner eigenen Ehre und der Ehre der Ritter willen hielt er jedoch eine vernehmliche Rede vor seinen Begleitern und ignorierte dabei geflissentlich den gelangweilten Ausdruck in nicht wenigen Mienen. Am gelangweiltsten zeigten sich gewisse Kämpfer, die Pirvan und Haimya mit Kriegerinnen der Greifen hatten »spazieren gehen« sehen.

»Offenbar gilt die Faszination des Fremden sowohl für Männer als auch für Frauen«, knurrte Pirvan, als er und Haimya sich an diesem Abend entkleideten.

»Du denkst an Eskaia und Falkenbruder?«

»Mitunter denke ich eine volle Stunde nicht an sie.«

»Welche Zurückhaltung für einen Vater!«

Pirvan wollte ihr einen spielerischen Klaps an den Hinterkopf geben. Sie reagierte, indem sie ihm weniger spielerisch ein Bein stellte, woraufhin sie beide hinfielen. Am Ende lag Pirvan mit dem Kopf zwischen Haimyas Brüsten.

»Natürlich braucht ein Mann nicht unbedingt fremd zu sein, um eine Frau zu faszinieren«, murmelte sie und nahm ihn fester in die Arme.

Unbemerkt – außer von Greifen, den Spähern eines halben Dutzend Clans der Freien Reiter und zwei Kendern – marschierten Zephros' Männer durch die Wüste auf die Berge zu.

Sie gingen langsam, kamen im Laufe eines Tages selten weiter als bis zum nächsten Wasserloch und zogen fast nie bei Nacht weiter. Das half gegen Bummelei und gestattete Deserteuren aus Aurhinius' Lager und einzelnen Söldnern, denen es gleichgültig war, wem sie folgten, sich ihnen anzuschließen.

Es gab genug wüstenkundige Kämpfer in Zephros' Reihen, um die anderen davon abzuhalten, zu oft zu große Dummheiten zu begehen. Die Männer blieben auch näher beieinander, als sich herausstellte, dass ihnen jemand folgte. Versprengte Gestalten, die spurlos verschwanden, wurden meistens mit durchgeschnittener Kehle aufgefunden. Manchmal waren sie auch einen langsameren Tod gestorben.

Am merkwürdigsten war es mit den Nachzüglern, die lebend gefunden wurden, von der Sonne bis zum Delirium ausgedörrt, aber sonst unbeschadet – abgesehen davon, dass ihnen jedes Stück brauchbarer Ausrüstung fehlte.

Gewöhnlich verdächtigte man in solchen Fällen Kender, aber Kender streiften bekanntermaßen nicht in der Wüste umher. Deshalb erstreckte sich der Verdacht auf die gesamte Bandbreite der Bewohner Ansalons, Menschen und anderes Volk.

Mit der Zeit begann auf dem fruchtbaren Boden des Verdachts die Angst zu wachsen und zu gedeihen.

Der Bote der Greifenspäher kam ins Lager geritten, als Pirvan und Drei-Hände gerade einen Übungskampf austrugen.

Pirvan hatte schnell mitbekommen, wie unklug es gewesen wäre, Drei-Hände so ernsthaft herauszufordern wie Falkenbruder. Der älteste Sohn des Greifenhäuptlings hatte seinen Namen nach seinen ersten Kämpfen erhalten, weil er seine Waffen so schnell handhabte, als hätte er drei Hände. Von dieser Geschwindigkeit hatte er nichts verlorern, sondern im Gegenteil noch an Erfahrung dazugewonnen.

Der Kampf sollte unblutig verlaufen, aber beide Gegner waren so schnell mit ihren Angriffen, dass Unfälle unvermeidlich waren. Beide waren also leicht verletzt, bis der Bote herangeritten kam. Drei-Hände warf Pirvan sein Handtuch zu und ging zu dem Mann hin. Nachdem Pirvan sich den Schweiß abgewischt hatte und sich setzte, damit Eskaia die Wunde an seinem Oberschenkel verbinden konnte, kam Drei-Hände zurück.

»Schlechte Neuigkeiten?«, erkundigte sich Pirvan.

Drei-Hände sah noch verdrossener drein, ob wegen der Nachricht oder weil er so leicht zu durchschauen war. Dann nickte er kurz.

»Die Istarer sind wohl im Anmarsch?«, vermutete Eskaia. Drei-Hände sah auf, um diese Fremde auf ihren Platz zu verweisen, als Falkenbruder anspaziert kam. Der älteste Häuptlingssohn warf dem jüngsten einen vielsagenden Blick zu, dann hockte er sich hin. Während Falkenbruder pflichtgemäß Drei-Händes verwundeten Arm versorgte, hörten alle dem Boten zu.

Die Istarer waren tatsächlich unterwegs, aber nicht als große Armee. Weniger als fünfhundert Kämpfer hatten die Späher gemeldet, vielleicht auch deutlich weniger. Zahlreiche Clans beobachteten sie und ein Gefangener, den die Späher gemacht hatten, hatte vor seinem Tod gesagt, dass ihnen auch Wüstenhobgoblins auf der Fährte seien. Aurhinius war nicht bei ihnen; der Gefangene hatte von einem Oberhauptmann Zephros gesprochen.

Bei dieser Bemerkung zog Pirvan die Augenbrauen hoch, sodass alle wissen wollten, was dieser Name ihm sagte.

»Zephros ist ein Speichellecker des Königspriesters, beziehungsweise der Anhänger des alten Königspriesters«, berichtete Pirvan. Er erklärte Istars Intrigen, so gut das gegenüber einem Volk möglich war, das nie näher als sieben Tagesritte an Istar herangekommen war.

»Also könnte er auf eigenen Ruhm aus sein und nicht einen Plan von Häuptling Aurhinius durchführen?«, fragte Falkenbruder. Sein Bruder warf ihm wieder einen finsteren Blick zu, aber diesmal reagierte der Jüngere mit einem milden Lächeln und einer Feststellung: »Deine Wunde ist ausreichend versorgt, Bruder. Jetzt sitzen wir im Rat und ich bin ebenso von Rotdorns Blut wie du.«

»Das würde ich nicht einmal bestreiten, wenn ich es könnte, weil ich weiß, welche Zeitverschwendung es wäre«, erwiderte Drei-Hände – die erste ironische Bemerkung, die Pirvan von ihm gehört hatte. »Also gut, wir sitzen im Rat. Aber ich bin hier der Häuptling …«

»Zusammen mit meinem Vater«, warf Eskaia ein. Diesmal war es Pirvan, der ihr einen tadelnden Blick zuwarf, doch seine Tochter antwortete mit einem vielsagenden Lächeln, das sie nur von ihrer Mutter haben konnte.

Ihre Botschaft war: *Jemand muss für dich das Wort ergreifen, Vater, wenn du selbst dazu zu ehrenhaft bist.*

Pirvan sann kurz über den Brauch mancher ferner Stämme nach, ihre Töchter spätestens mit fünfzehn zu verheiraten. Zweifellos entwickelten auch diese zu gegebener Zeit eine vorlaute Zunge, aber wenigstens fielen sie damit über ihre Männer oder Söhne her, nicht mehr über ihre Väter.

»Sehr gut, Bruder Häuptling«, lenkte Drei-Hände ein, und diesmal brachte sogar er etwas zustande, was man – ohne die Sprache zu vergewaltigen – als Lächeln bezeichnen konnte. Pirvan nahm an, dass dies nicht so sehr auf plötzlichem gutem Willen beruhte, sondern der unerwarteten Aussicht auf einen guten Kampf entsprang. »Wie lautet dein weiser, kriegerischer Rat?«

Pirvan hatte seine Karte nicht dabei, und die war ohnehin eine der genaueren und geheimeren der Ritter. Das Gedächtnis musste ausreichen.

»Zephros' Truppe ist entweder Aurhinius' Vorhut, eine Finte, die von seiner eigentlichen Marschroute ablenken soll, oder, wie du sagst, ein Haufen Ehrgeizlinge, die nicht seiner Autorität unterworfen sind. In jedem Fall sind es zu viele, um sie unbeobachtet herumlaufen zu lassen.«

Pirvan fuhr mit der Erklärung fort, dass es von Zephros' Weg abhing, wo man ihn erwarten sollte. Es gab mehrere mögliche Ziele, aber bis auf eines konnten sich alle entweder einem Angriff entziehen oder sich verteidigen.

»Und dieses eine ist die Zitadelle Belkuthas. Sie ist eine halbe Ruine und ihre Bewohner leben seit über zwanzig Jahren mit ihren Nachbarn in Frieden. Wir wollten ihr einen Besuch abstatten, bevor wir nach Norden zurückkehren, um sie zu warnen und unter den Schutz der Ritter zu stellen, sofern sie das wünscht.«

»Belkuthas ist den Freien Reitern nicht unbekannt«, warf Drei-Hände ein. »Und wir halten es in Ehren«, fügte er hinzu, »obwohl jeder, der das Wohlwollen der Silvanesti im Sinn hat, sich nicht so offen mit Krythis und Tulia anfreundet. Selbst wenn sie keiner Verteidigung bedürfen, werden sie zweifelsohne viel wissen, wovon andere noch nichts gehört haben.«

»Außerdem können sich die Greifen bei den Zwergen und den anderen Freunden von Belkuthas einen guten Namen machen, wenn sie als ihre Freunde auftreten«, ergänzte Falkenbruder. »In Zeiten wie diesen kann man gar nicht genug Freunde haben oder wenigstens Leute, die gut von einem denken.«

»Im Gegensatz zu Brüdern, die die Götter manchmal in größeren Zahlen schicken, als jeder kluge Mann sich wünschen kann«, sagte Drei-Hände, konnte dabei aber ein Lächeln nicht unterdrücken. Daraufhin brach alles in lautes Gelächter aus.

Dann wurden alle wieder ernst, als der Rat dazu überging, den besten Weg nach Belkuthas festzulegen, ohne dass man dabei Zephros aus den Augen verlor.

Hauptsächlich aus Neugier erklommen Imsaffor Sauseschritt und Horimpsot Altdrache die Felsen am Eingang eines bestimmten Passes. Sie würden sich wahrscheinlich kein zweites Mal auf diesen Weg wagen und einige Felsnadeln, die aus dem oberen Teil der Klippe hervorsprangen, hatten faszinierende Formen, die geradezu unnatürlich aussahen.

»Ich frage mich, ob es hier draußen früher Zwerge gab«, überlegte Altdrache. »Ich weiß, sie mögen keine Hitze, aber vielleicht war dieser Landstrich einmal kühler. Jedenfalls spielen sie gern mit Steinen und diese Klippe sieht aus, als hätte jemand an ihr herumgespielt.«

Beide Kender fühlten sich hier oben, weit über Zephros' nahenden Männern, auch sicherer. Keiner von ihnen war in der Kriegskunst bewanderter als jeder durchschnittliche Kender, was bedeutete, dass sie jedem Nachwuchshauptmann einer regulären Armee Kopfschmerzen und Tobsuchtsanfälle bescheren konnten. Doch die alten Geschichten, die sie gehört hatten (oder gelesen oder beides; darüber hatten sie sich eines Abends lange gestritten), behaupteten, dass man einem Feind mehr schaden konnte als er einem selbst, wenn man vor ihm höher gelegenes Gelände erreichte. Zumindest konnte man ihn dann besser sehen.

Deshalb waren sie Zephros' langsamer Kolonne eines Nachts vorausgeeilt und erwarteten sie bei Tagesanbruch oben zwischen den Klippen.

Es war ein anstrengender Marsch gewesen und ein noch anstrengenderer Aufstieg. Beide Kender waren der Wüste überdrüssig und schwer beladen mit Dingen, die sie versprengten Söldnern abgenommen hatten. Sie hätten weniger dabeigehabt, wenn sie andere Kender getroffen hätten, aber soweit sie es übersehen konnten, waren sie in dieser Wüste die einzigen Vertreter ihrer Rasse. Sie wollten einfach nichts wegwerfen, was sich schon bald als nützlich erweisen konnte.

Das sprach für eine Konzentration und ein vorausschauendes Denken, wie man es bei Kendern in ihren Wanderjahren selten findet, und die meisten Menschen wären darüber überrascht oder gar erschrocken gewesen. Aber schließlich hatten die meisten Menschen noch keinen Kender ernsthaft verletzt (nicht, dass sie es nicht versucht hätten), geschweige denn getötet. Sie hatten daher auch keinen Kender kennen gelernt, der Vergeltung für den Tod eines Kameraden wollte.

Die beiden Kender sahen zu, wie die Kolonne auf den Pass zumarschierte. Sie hatten eine gute Sicht auf die nahenden Männer, aber Altdrache wollte eine noch bessere.

»Wenn ich sie zählen kann, können wir die Zahl vielleicht jemandem verraten, der auch ein Feind von Zephros ist.«

»Und wer wäre das?«

»Oh, ein Mann wie der muss alle möglichen Feinde haben.«

»Aber kennen wir welche davon?«

»Du bist ein Spielverderber, Imsaffor. Du hast zu lange bei diesem verflixten Minotaurus gelebt.«

»Wag es ja nicht, Waydol vor mir noch einmal zu beleidigen!«

»Na gut, dann sag ich's halt hinter deinem Rücken.«

»Für einen Kender auf seiner ersten Reise hast du eine ziemlich große Klappe.«

»Immerhin habe ich meine Reise nicht mittendrin jahrelang unterbrochen!«

Daraufhin nahm Imsaffor Sauseschritt so viele leuchtende Farben an (Kender können nicht nur rot werden, wenn sie sich darauf konzentrieren), dass Altdrache Angst bekam. Eilig zog er sich aus Sauseschritts Reichweite zurück und wickelte ein langes Seil von seinem Bauch.

Sein Plan war einfach. Er würde ein Ende des Seils um eine der Felsnasen binden und das andere Ende um seinen Bauch. Dann würde er sich an der Klippe herunterlassen, bis er Zephros' Männer und womöglich sogar ihre Waffen zählen konnte. Mit etwas Glück konnte er vielleicht sogar ein paar ihrer Worte aufschnappen.

Das Seil würde ihn vor einem Absturz bewahren und Sauseschritt in die Lage versetzen, ihn wieder hochzuziehen. (Falls Sauseschritt nicht so wütend war, dass er ihn hängen ließ, aber darüber machte sich Altdrache keine Gedanken. Ein junger Kender auf seiner ersten Reise sorgt sich nicht so viel, außerdem sind Kender für ihre Größe sehr stark und Altdrache war groß für einen Kender.)

Das Einzige, was Altdrache übersah, war ein Riss am Ansatz der Felsnase, die er für sein Seil wählte. Vielleicht nicht ganz das Einzige – er übersah auch eine Stelle mit losem Geröll etwa fünfzig Fuß tiefer.

In dem Augenblick, als er seinen Fuß auf das Geröll setzte, rutschte er aus und glitt ab. Als die Klippe steiler wurde, verwandelte sich sein Rutschen in einen Sturz. Sein Aufschrei warnte nicht nur seinen Freund oben, sondern auch die Menschen unten – gerade als sein Gewicht ganz am Seil hing.

Der Spalt in der Klippe war so gelegen, dass das Umschlingen ihn nicht erweitert hatte. Altdraches Gewicht jedoch riss aus der entgegengesetzten Richtung daran. Der Fels ächzte, als der Spalt breiter wurde. Die Klippe erzitterte, dann brach sie auf ganzer Breite des Spalts ab.

»Hoppla«, stieß Imsaffor Sauseschritt hervor.

Nun, wenn ein Kender dieses Wort in Begleitung von Menschen sagt, bleiben die Menschen normalerweise wie angewurzelt stehen oder ergreifen sofort die Flucht und rennen, so weit sie können. Dass Kender es zueinander sagen, ist eher unbekannt. *Das* kann nämlich sogar einen Kender verstören.

Beide Kender waren allerdings zu beschäftigt, um verstört zu sein. Altdrache versuchte, seinen Sturz abzufangen, ohne dabei der abbrechenden Klippe in den Weg zu geraten. Sauseschritt versuchte, das Seil seines Freundes mit seinem Peitschenstock zu verschlingen, ebenfalls ohne dabei zwischen die herunterpolternden Steine zu kommen.

Die Klippe allerdings löste die Sache auf ihre Weise, denn sie zog Altdraches Seil mit einem Ruck um eine zweite Felsnase. Das Seil blieb daran hängen – bis es riss, als die erste Klippe ihren Absturz fortsetzte.

Imsaffor Sauseschritt hatte gerade noch Zeit, das Seil seines Freundes zu packen und loszuschneiden, bevor die zweite Klippe von einer dritten getroffen wurde, die sich durch den Fall der ersten gelöst hatte. Und diese drei Felsspitzen waren nicht die Letzten, die fielen.

Unter den Augen der beiden Kender brach die ganze Vorderseite der Klippe samt allen Felsspitzen darauf auseinander, zerfiel und stürzte mit einem ohrenbetäubenden Krachen in den Eingang der Schlucht, als wäre Chaos zurückgekehrt. Der Staub hätte ausgereicht, die ganze Stadt Istar zu bedecken. Tonnenweise ergoss sich das Gestein wie ein Wasserfall über den Pass.

Und wie ein Wasserfall sprangen die Steine auch auseinander. Eine Felslawine, in der jeder einzelne Stein mindestens das Ausmaß einer Kenderhütte hatte, donnerte durch das Tal und traf den Fuß der Klippen auf der anderen Seite. Dieser Aufprall war zu viel für die poröse Felswand. Wie ein Vorhang, dessen Stange aus der Decke gerissen wird, stürzten auch die gegenüberliegenden Wände ein.

Die beiden Kender gaben sich große Mühe, zu erkennen, welchen Schaden der Felssturz Zephros' Männern zugefügt hatte. Aber bei so viel aufgewirbeltem Staub hätten sie auch gleich versuchen können, hundert Faden unter der Wasseroberfläche Dargonesti auszuspähen.

Noch lange, nachdem das Krachen und Poltern der fallenden Steine weit gehend verebbt war, hing der Staub in der unbewegten Luft des Wüstentages. Bis eine Brise aufkam und den Staub verwehte, waren Zephros' Männer weit draußen in der Wüste. Es sah aus, als würden sie rennen, und insgeheim hofften die beiden Kender, sie würden sich zu Tode rennen.

Das war auch so ungefähr das Beste, was die Männer sich erhoffen konnten. Die beiden eingestürzten Felswände hatten den Zugang zum Pass so nachhaltig versperrt, dass man über den Geröllhaufen besser geflogen als geklettert wäre. Durch diesen Pass würde für viele Jahre niemand mehr eine Armee führen, und keiner der Kender wollte so lange hier warten.

»Ich denke, wir sollten trotzdem nach Belkuthas ziehen«, schlug Altdrache vor. Er klang ziemlich eingeschüchtert. Darüber hinaus rang er noch nach Luft, und wo das Seil sich um ihn festgezogen hatte, schmerzten seine Rippen und sein Bauch.

»Wozu, du Gnomensohn?«, fauchte Sauseschritt. Dann bekam er einen Hustenanfall, der ihm eine Weile die Sprache verschlug. Noch immer hing viel Staub in der Luft.

»Ich bin kein Gnom«, sagte Altdrache schließlich würdevoll. »Das hier ist meine erste Reise. Ich war noch nie im Leben in der Wüste, und schließlich hättest du den Spalt genauso sehen können wie ich.«

»Er war auf *deiner* Seite der Spitze und ich war schließlich nicht so dumm, mich an der Klippe abzuseilen.«

»Wer war dumm? Ich habe mehr Steine hinuntergestoßen als alle Zwerge dieses Landes zuvor.«

»Ja, und du hast sie alle verschwendet, weil sie nicht auf Zephros' Männern gelandet sind!«

»Gut, vielleicht habe ich sie verschwendet, vielleicht auch nicht. Wir wissen nicht, wie viele von Zephros' Männern über ihre eigenen Füße gestolpert oder am Staub erstickt sind!«

»Nein, und das werden wir auch nie erfahren, wenn sie nicht zurückkommen oder wir nicht über diesen Geröllhaufen klettern und ihnen folgen.«

»Deshalb finde ich, wir sollten nach Belkuthas gehen. Außerdem hat Hallie Zuckersüß gesagt, sie würde dort Halt machen. Vielleicht ist sie noch ...«

»Hallie Zuckersüß würde keine Tüte Nüsse für dich geben.«

»Ich bin jetzt älter.«

»Fünf Jahre. Glaubst du, sie hat so lange in Belkuthas herumgesessen und auf dich gewartet? Dein Hirn muss auch eine Nuss sein!«

»Also, ich gehe nach Belkuthas. Wenn wir Zephros nicht selbst erwischen, sollten wir vielleicht Leute um Hilfe bitten, die das können. Ich *glaube*, Hallie hat gesagt, in Belkuthas wären Menschen, die Pferde hätten, oder vielleicht waren es auch Zentauren, die in den Wäldern leben …«

Imsaffor Sauseschritt riss vor Verzweiflung die Hände hoch. Entweder musste er mit Altdrache nach Belkuthas gehen oder allein weiterziehen, und so neugierig war er nun auch wieder nicht auf dieses Land, dass er es allein durchstreift hätte.

Außerdem würde Altdrache Belkuthas nicht mehr so anziehend finden, wenn er sah, dass Hallie Zuckersüß längst ihrer Wege gezogen war. Dann konnten sie ihren eigenen Weg fortsetzen, der sie, wie Sauseschritt hoffte, so bald wie möglich nach Hause führen würde.

Er hatte noch viele Reisen vor sich. Altdrache hatte Recht; er war zu lange bei Waydol geblieben. Ein so junger Kender wie er durfte nicht an einem Ort bleiben. Aber er wollte lieber unter Gossenzwergen leben, als mit einem Kender unterwegs zu sein, der sich wie ein Gnom benahm – und sich dann noch damit *brüstete!*

Während Rotdorn und Die-den-Himmel-berührt sich den Plan des kleinen Kriegsrats anhörten, verhielten sie sich so überaus höflich, dass Pirvan vermutete, dass sie nur darauf warteten, endlich die Rituale hinter sich zu bringen und aufzubrechen. Er hoffte es. Seiner bescheidensten Schätzung nach konnten die Greifen tausend bewaffnete Reiter in Marsch setzen. Wenn eine solche Armee vor Belkuthas stand, würde dieses nicht nur vor Zephros sicher sein, sondern auch vor jeder anderen Armee, die jemand außer Aurhinius ohne Vorwarnung ins Feld schickte.

»Wir können nicht mehr als hundert Krieger schicken«, entschied Rotdorn schließlich.

Die-den-Himmel-berührt nickte. »Du magst der Auslöser der Veränderungen sein, Sir Pirvan, aber vielleicht auch nur jemand, der vor dem kommt, der die Veränderungen bringt, auf dessen Ankunft wir uns vorbereiten müssen. Außerdem ist nicht die ganze Streitmacht der Greifen erforderlich, um jemanden zu warnen, insbesondere jemanden, für dessen Warnung uns die Silvanesti nicht dankbar wären.«

Pirvan hegte unhöfliche Gedanken darüber, was die Silvanesti mit ihrem Dank tun könnten. Am besten sollten sie ihn auf die Spitzen ihrer Pfeile stecken, aber ihm fielen auch noch schmerzhaftere, bösere Vorschläge ein. Als wahrer Ritter von Solamnia bewahrte er nach außen hin Haltung und verbeugte sich.

»Darin erkenne ich sowohl Weisheit als auch Ehre. Ich möchte nur eine Frage stellen. Wer hat die Befehlsgewalt?«

Alle vier Freien Reiter – Vater, Söhne und Seherin – sahen einander an. Dann sprach Die-den-Himmel-berührt: »Wir werden doppelt so viele sein wie ihr, deshalb hat Drei-Hände den Oberbefehl, wenn er anwesend ist. Wenn nicht, übernehmt Ihr die Führung. Eure Leute und unsere sollen schwören, dass sie beiden Anführern gehorchen werden wie ihren eigenen Vätern.«

Wenn die Freien Reiter ihre Schwüre nicht leichter nahmen, als Pirvan vermutete, würde das ausreichen. Die Greifen kannten dieses Land ohnehin und waren mit der Hälfte der anderen Clans befreundet, was besser war als nichts.

Außerdem würde Drei-Hände Falkenbruder vielleicht so weit beschäftigen, dass dieser Eskaia fernblieb. Pirvan war klar, dass schon Generationen von Vätern vor ihm solches Wunschdenken gehegt haben mussten. Dennoch konnte er den Wunsch nicht weniger aus seinen Gedanken verdrängen als jene.

Kapitel 8

Die Nachricht vom Anrücken – Krythis weigerte sich, von einem »Ansturm« zu sprechen – von Zephros' zusammengewürfelter Kolonne erreichte Belkuthas etwa zur selben Zeit, als Pirvan und die Greifen davon erfuhren. Krythis und Tulia hatten keine Späher in der Wüste. Allerdings waren sie mit einigen Wüstenclans der Freien Reiter und der Wurzelsucher befreundet, die ihre Höhlen in die Klippen und Berghänge gruben.

Es war denn auch der Bericht eines Spähers aus dem Baumkatzenclan, der über mehrere Zwerge zuerst nach Belkuthas gelangte. (Gerüchten zufolge durchzogen die Zwergentunnel wabenförmig das Land, sodass man von Belkuthas bis hin nach Thoradin laufen konnte, *wenn* man den richtigen Eingang fand und die Zwerge es zuließen.)

Deshalb beschwerten Krythis und Tulia sich nicht, als man sie aus tiefem, angenehmem Schlummer weckte. Jedenfalls nicht mehr, nachdem sie wach genug waren, um zu begreifen, was die Botschaft bedeutete.

»Vielleicht haben sie es gar nicht auf uns abgesehen«, meinte Tulia. Das war ein schmerzlich durchsichtiger Versuch, sich selbst zu beruhigen.

»Das will ich vorläufig gern glauben«, erwiderte Krythis. »Aber binnen kurzem werden sie doch über uns kommen. Wenn einer wie Zephros unterwegs ist, fliehen die Leute. Und wenn die Leute fliehen, wird jemand wie Zephros sie verfolgen – wie ein Hund, der erst auflebt, wenn er seiner Beute nachsetzen kann. Bestimmt werden viele hierher kommen. Wir haben ein halbes Menschenleben dafür gearbeitet, Belkuthas zu einem Ort des Friedens zu machen, in dem jeder Zuflucht findet. In der jetzigen Not werden viele daran denken und hierher kommen. Zephros wird ihnen folgen.«

Tulia blickte zu Boden. »Er wird herkommen und Menschen und alle anderen Rassen friedlich miteinander auskommen sehen. Wenn er zu denen gehört, die geschworen haben, diese Harmonie zu zerstören …«

Sie hatte ihre Stimme nicht genug unter Kontrolle, um den Satz zu Ende zu bringen. Sie in den Arm zu nehmen erschien Krythis unzureichend. Es war jedoch das Beste, was er tun konnte, denn auch er konnte sich auf seine Stimme nicht mehr verlassen.

Schließlich lösten sie sich voneinander und warfen wie auf Kommando einen Blick vom Turm auf ihre Zitadelle. Wenn man sie als ein Heim voller Erinnerungen betrachtete, war dieser Anblick herzerwärmend. Betrachtete man sie dagegen als Festung, die auch nur einer spontanen Belagerung standhalten sollte, ließ der Anblick einen frösteln.

Seit den Tagen des Reiches Ergod, lange vor Vinas Solamnus' Geburt, hatte an diesem Ort eine Festung gestanden. Wahrscheinlich war der Platz sogar schon vorher bewohnt gewesen.

Tatsächlich hatte sich ein Zwergenfreund von Krythis, ein gewisser Gran Axtscharf, schon einmal auf Belkuthas umgesehen, die Steinmauern untersucht und seinem Gastgeber dann angeboten: »Lass mich diesen Ort eines Tages Stein um Stein abtragen, wenn ihr ihn nicht mehr braucht. Ich schwöre, ich werde hier Spuren von mindestens drei völlig unbekannten Rassen finden.«

Das geschichtliche Interesse war gut und schön, und da Krythis und Tulia mit sich und der Welt in Frieden lebten, hatten sie auch nichts gegen den einen oder anderen Spuk, den Belkuthas beherbergte. Es war aber gar nicht so leicht gewesen, aus einem ehemals für den Krieg gedachten Ort ein Zuhause zu machen.

Es hatte viel Arbeit gekostet, die Gebäude wieder herzurichten, die sie behalten wollten, und den Rest abzustützen oder niederzureißen. Die wieder instand gesetzten Gebäude sollten die Kälte des Winters, die Hitze des Sommers, den Wind, den Regen, Diebe und wilde Tiere abhalten. Die anderen Gebäude durften nicht ihnen oder ihren Bediensteten, Wachen, Besuchern oder Kindern oder auch den nistenden Vögeln, Eichhörnchen und Mäusen über dem Kopf zusammenstürzen.

Deshalb erhob sich der Bergfried lang und dunkel über dem großen, alten Saal, in dem Krythis und Tulia einen wahren Irrgarten neuer Räume errichtet hatten, in welchen sie wohnten. Als Wachtturm wie als Vorratslager leistete der Bergfried gute Dienste, aber schon seit der Zeit vor Rynthalas Geburt hatte niemand mehr daran gedacht, ihn zu verteidigen.

Andernorts stand es ganz ähnlich. Ein paar Nebengebäude beherbergten Dienstboten, Gäste oder Pferde. Andere waren nur umzäunte Löcher im Boden. Teile der Mauer erhoben sich hoch und fest wie eh und je, doch an anderen Stellen klafften Breschen, durch die sechs Minotauren Schulter an Schulter hätten schreiten können.

»Wir müssen die Leute bitten, so viel wie möglich eigene Vorräte mitzubringen«, überlegte Krythis. »Wir können sie lagern, aber wir können unsere eigenen Vorräte nicht auf tausend Mäuler aufteilen. Darüber hinaus müssen wir von unseren Nachbarn dazukaufen. Ich werde darum beten, dass alles rechtzeitig und reichlich eintrifft, bevor Feinde oder Flüchtlinge auftauchen.«

»Kann Sirbones uns irgendwie helfen?«, fragte Tulia.

»Ich nehme an, nicht einmal Sirbones selbst weiß, wozu er in der Lage ist«, gab Krythis zurück. »Vielleicht die Götter. Jedes geringere Wesen wohl kaum. Fragen kann aber nichts schaden. Doch denk daran, er ist nicht mehr jung. Heilsprüche zehren an einem Priester – und er wird noch viel zu viele davon sprechen müssen.«

»Also wird womöglich weder die Magie noch die Nahrung ausreichen, um durchzukommen, und wir werden hilflos mitansehen müssen, wie die Leute sterben?«, fasste Tulia zusammen. Das war nicht als Frage gemeint, und jede Anwandlung von Krythis, seine Frau zu trösten, verflog, als sie mit einer Faust fest gegen die Mauer schlug.

In diesem Moment erinnerte sie Krythis sehr stark an ihre Tochter, wenn diese wütend war. Im nächsten Moment fragte sich der Halbelf, ob es einen Ort gab, an den sie Rynthala schicken konnten, damit sie in Sicherheit war.

Im übernächsten Moment musste er wegen dieses absurden Gedankens über sich selber lachen. Wenn Krieg über dieses

Land kam, gab es wohl keinen sicheren Ort. Wahrscheinlich gab es überhaupt keinen fremden Ort, an dem man Rynthala halten konnte, wenn sie nicht bleiben wollte. Und es war ohnehin unwahrscheinlich, dass sie sie überhaupt erst zum Gehen überreden konnten.

Inzwischen leckte Tulia sich die zerkratzten Fingerknöchel und sah aus, als würde sie gleich lachen und weinen zugleich.

Jetzt ist der richtige Zeitpunkt gekommen, sie in die Arme zu nehmen, beschloss Krythis. Und das tat er dann auch fest und lange, ehe sie nach unten gingen und anfingen, Belkuthas auf einen Krieg vorzubereiten.

Links von Pirvan schnitt die Schlucht von Nedilheim in die Berge, auf denen das Ocker und Dunkelbraun der Wüste jetzt stellenweise von Grün überzogen war. Rechts von ihm hoben sich Haimya und Drei-Hände mit ihren Pferden vor einem langen, sanft ansteigenden Hang wild zerklüfteter, fast kahler Felsen ab.

»Die Schlucht ist der übliche Weg der Händler«, erzählte Drei-Hände. »Wasser, Höhlen für die Nacht, Futter, das man oben auf den Klippen schneiden kann, wenn man Manns genug ist, sie hochzuklettern. Aber natürlich kommen hier nur selten Händler vorbei, jedenfalls bisher.«

»Ich hatte nicht gerade daran gedacht, diese …«, fing Pirvan an, als eine erhobene Hand in der Vorhut jedes Gespräch abbrechen ließ. Der Mann wendete sein Pferd und ritt zurück.

»Es ist jemand hier gewesen, Häuptling«, sagte er. »Häuptlinge«, stellte Drei-Hände richtig. »Wir sind zwei. Jetzt rede. Beritten oder zu Fuß?«

Der Mann sprach ebenso kurz und knapp wie Drei-Hände: Männer in Stiefeln, die hauptsächlich frisch beschlagene Pferde mit bescheidenen Lasten geführt hatten. Die Spur kam von rechts – aus Nordosten –, bog ab und führte jetzt parallel zu der Richtung, die die Greifen und Ritter gewählt hatten.

»Zephros«, murmelte Drei-Hände.

»Das hoffe ich«, pflichtete Pirvan ihm bei. Er hasste den Gedanken an weitere bewaffnete Banden, Istarer, Söldner, Räuber oder andere, die durch dieses Land zogen. Die Lage war schon jetzt gespannt und das kleinste Missgeschick konnte ein furchtbares Blutbad nach sich ziehen.

Drei-Hände gab den Männern bereits Zeichen, die Schlachtordnung einzunehmen. Eine Greifenschar dieser Größe kämpfte in drei Dreiecken, jeweils mit der Basis zum Feind und der Spitze zur Nachhut. Pirvans Kämpfer bildeten das Dreieck ganz links, gewöhnlich das, welches am wenigsten Ehre einzubringen versprach.

Heute aber lag die linke Flanke an den Bergen, von denen aus Überraschungsangriffe am wahrscheinlichsten waren. Drei-Hände konnte kaum eine Beleidigung im Sinn haben. Unabhängig von der Absicht des Greifen hätte Pirvan sie ohnehin nicht angenommen.

In Schlachtordnung ritten sie weiter. Die Schlucht von Nedilheim blieb langsam hinter ihnen zurück. Pirvan trieb sein Pferd nach rechts, bis er neben Drei-Hände herritt.

»Wie lauten deine Pläne?«

»Ist diese Frage notwendig?«

»Also hast du einen Angriff vor?«

»Falls es dich etwas ... Nein, du bist auch Häuptling. Es geht dich etwas an. Sie sind auf unserem Land, ohne unsere Zustimmung, und du hast eine schlechte Meinung von ihnen. Ich vertraue deinem Urteil. Ist das nicht ausreichend Grund für einen Angriff?«

Pirvan schwieg eine Spur zu lange. Um gerecht zu bleiben, runzelte Drei-Hände nur die Stirn, hütete sich aber vor einem finsteren Blick oder gar einem Fluch.

»Welchen Grund brauchen Ritter, um zum Schwert greifen zu dürfen?«, wollte er wissen. »Sie haben jedenfalls genug Anlass gefunden, als Istar ihnen befohlen hat, uns zu bekämpfen. Hat Zephros nicht mindestens ebenso viel Anlass gegeben?«

Pirvan wusste, dass er kein zweites Mal mit Schweigen reagieren durfte. Er wagte auch nicht, die Wahrheit zu sagen, nämlich dass die Ritter auf Anweisung aus Istar die Landrechte der Freien Reiter nicht anerkannten. Es war ratsam, sie in Ruhe zu lassen, aber wenn ein Istarer dies nicht wollte, war das eine Sache zwischen ihm und den Wüstenbewohnern.

Wodurch Pirvan zwischen den Stühlen saß.

»Zephros ist ein jähzorniger Mann«, sagte er schließlich. »Wenn er den Frieden noch nicht gebrochen hat, wird er dies mit Sicherheit bald tun. Aber bis dahin haben die Ritter nicht das Recht, ihn als Gegner zu betrachten.«

»Weil sie immer noch an den Zitzen des Königspriesters hängen«, stellte Drei-Hände fest, sprach jedoch so leise, dass nur seine Bitterkeit Pirvan erreichte. Darauf hatte der Ritter keine Antwort, sodass sie schweigend weiterritten.

Der Pferch gegenüber dem Vorhof von Belkuthas war jetzt rund vier Fuß hoch umzäunt. Das würde keine Pferde zurückhalten, aber für die meisten anderen Tiere würde es reichen. Außerdem würde er jeden Reiter und Fußsoldaten davon abhalten, auf die Bogenschützen dahinter loszugehen.

Dass der Pferch so schnell auch nur diese Höhe erreicht hatte, war Gran Axtscharf und dessen Familie zu verdanken. Welcher geheimnisvolle Bote sie mit welcher Geschichte verständigt hatte, würde Krythis wohl nie erfahren. Aber am Morgen nach der Warnung hatten zwanzig Zwerge vor dem Tor gestanden und jede Hilfe angeboten, die ihre Waffen und Werkzeuge leisten konnten.

Um nicht als Schwachkopf dazustehen, hatte Krythis sie angewiesen, einen Pferch für die Tiere der Flüchtlinge zu bauen. Einer der Zwerge spuckte daraufhin aus, und mehrere murmelten: »Kinderkram.«

Aber sie machten sich bereitwillig an die Arbeit – mit Hämmern aus Holz und Metall, Meißeln, Keilen und einigen Werkzeugen, die Krythis überhaupt nicht kannte. Die Hälfte von ihnen arbeitete an dem Pferch; die anderen begannen, passende Steine für die Reparatur der Breschen in der Mauer zu sammeln.

Nun war der vierte Morgen seit der Ankunft der Zwerge angebrochen. Der Pferch würde bei Sonnenuntergang fertig sein und fünf von den Löchern in der Mauer waren nur mehr für einen scharfsichtigen Beobachter zu erkennen, der wusste, wo sie vorher gewesen waren. Die Ausbesserungen würden einem Rammbock vielleicht nicht standhalten, aber sie vermochten sicher mehr, als das Vieh aus dem Küchengarten herauszuhalten!

Die Frage der Bezahlung musste noch geregelt werden, aber Krythis beschloss, mit diesem Thema zu warten, bis die Zwerge es selbst anschnitten. Ihm kam der Umstand zu Hilfe, dass Axtscharf auf unklare Weise (Krythis durchschaute die Verästelungen der Zwergenfamilien nicht) mit dem Haus Schwellenbauer verwandt war, einem der beiden Zwergenclans, die die verwaisten Halbelfen Tulia und Krythis seinerzeit aufgenommen hatten. Vielleicht war die ganze Sache ein weiteres Volljährigkeitsgeschenk für Rynthala, zu Ehren ihrer von Zwergen großgezogenen Eltern?

Jetzt erzeugten zwei Zwerge Lärm und Staub, indem sie Platten von größeren Steinen abschlugen und dann bei jeder Platte eine Kante mit einem Meißel bearbeiteten. Jedes Mal wenn eine angeschärfte Platte an ein Ende des Stapels gelegt wurde, hoben zwei andere Zwerge eine von der anderen Seite auf und verkanteten sie fest und senkrecht in der Mauer.

Krythis staunte immer wieder, was die Zwerge ohne Mörtel alles zustande brachten. Er hatte einmal gefragt, warum sie keinen benutzten, und war auf so eisiges Schweigen gestoßen, dass er befürchtete, seine Finger und Zehen würden blau werden. Er hatte kein zweites Mal gefragt.

Aber der Pferch würde jetzt selbst für Tiere reichen, die hinausspringen wollten, ebenso für Streitrösser, deren Reiter sie hineinspringen lassen wollten. Das war auch gut so, denn die erste Viehherde, die sie zum Schlachten und Einpökeln gekauft hatten, musste schon unterwegs sein. Wenn Nektoris und seine Söhne als Treiber noch genauso gut waren wie früher …

Eine Staubwolke auf der Straße nach Süden verriet Krythis, dass etwas bereits auf dem Weg nach Belkuthas war. Er hatte gerade überlegt, dass er lieber der Staubwolke entgegenreiten als hier herumstehen und den Zwergen bei der Arbeit zusehen wollte, als zwei Punkte am Südhimmel seine Aufmerksamkeit erregten.

Beide Gestalten hatten Flügel und beide mussten groß sein, um aus solcher Entfernung erkennbar zu sein. Jetzt sah er die eine steil hinabstoßen, den anderen aber noch tiefer, als wolle er unter den Ersten gelangen und von unten hochschießen.

In seine Blöße, von unten in den verwundbaren Bauch.

Krythis legte die Hände an den Mund und schrie: »Schützen! Nach oben!«

Dann erkannte er, dass dieser Befehl besser zu befolgen gewesen wäre, wenn er seinen eigenen Bogen nicht im Turm gelassen hätte.

Während die Kämpfer der Zitadelle über Treppen und Leitern nach oben eilten, wurde erkennbar, wer die beiden fliegenden Wesen waren, die da kamen: Eines war ein Greif, das andere ein Pegasus mit einem Reiter auf dem Rücken. Die Vorliebe der Greifen für Pferdefleisch war berüchtigt. Ob ein Pferd Flügel hatte oder nicht, war ihnen gleichgültig; sie verschlangen alles, sogar die zarten Flügelknochen und die Federn.

Krythis fragte sich, ob er hochsteigen und darauf hoffen sollte, dass jemand ihm einen Bogen überließ, aber die meisten Bogenschützen gaben ihre Bögen ungefähr so gern her wie ihre Frauen.

Zum Glück war einer der Schützen, die auf den Ruf reagiert hatten, Rynthala. Den eigenen Bogen über der einen Schulter, ihren Köcher über der anderen, kam sie mit Bogen und Köcher ihres Vaters in den Händen aus der Festung gerannt. Ihre langbeinigen Sätze brachten sie im Nu zu Krythis. Lange bevor der Luftkampf auf Schussweite kam, hatte Krythis jede Waffe, die er brauchte.

»Wo ist Mutter?«, fragte Rynthala. »So etwas würde sie sich ungern entgehen lassen, das weiß ich.«

Krythis fand, dass Rynthala den Kampfgeist ihrer Mutter ziemlich überschätzte, obwohl auch Tulia eine überdurchschnittliche Bogenschützin und respektable Schwertkämpferin war. Aber Rynthala war die geborene Kriegerin und hatte ihr Talent weiter ausgebaut. Sie war allerdings wohl nicht alt genug, um zu verstehen, dass nicht jeder war wie sie.

Krythis hätte ums Leben gern gewusst, weshalb ein Pegasus so eilig nach Belkuthas flog, als würde das Schicksal von Krynn davon abhängen. Oder war es nur der verfolgende Greif, der den Pegasus in ihre Richtung trieb, damit er sein Leben nicht unter dem Schnabel eines Raubvogels aushauchte?

Der Pegasus hatte es fertiggebracht, so tief zu fliegen, dass der Greif nicht mehr hoffen konnte, ihn von unten greifen zu können. Aber trotz ihres unersättlichen Appetits waren Greifen nicht dumm. Der Raubvogel erhob sich mit knatternden Flügeln in die Lüfte und stieß dabei einen gellenden Schrei aus.

Dann, als der Pegasus langsamer wurde, um über die Mauern von Belkuthas zu fliegen und im Hof zu landen, stieß der Greif nach unten.

Der herabstürzende Greif wurde mit einem Pfeilhagel empfangen. Zwischen dem leisen Summen der Langbögen vernahm Krythis das scharfe, metallische Klicken einer schweren Armbrust. Nach den ersten drei Pfeilen sah er nach unten.

Zwei der Zwerge hielten eine gewaltige Festungsarmbrust, eine von denen, die über ein Getriebe gespannt werden und ihren Bolzen selbst durch eine junge Eiche jagen können. Dem Herrn über Belkuthas blieb gerade noch Zeit, diesen willkommenen Verbündeten zuzuwinken, als Pfeile, Bolzen, Greif und Pegasus alle im selben Luftraum aufeinander trafen.

Der Greif wurde von einem Dutzend Pfeile und dem Bolzen durchbohrt. Selbst wenn er mit einer Ritterrüstung ausgestattet gewesen wäre, hätte er tödliche Verletzungen davongetragen. Aber trotz Pfeilen in Auge, Hals und Bauch war er noch stark genug, dem Pegasus die Flanke aufzureißen und ihm einen Flügel zu brechen.

Pegasus und Greif stürzten gemeinsam in den Hof. Der Reiter des geflügelten Pferdes sprang ab, bevor sein Reittier landete, und Krythis glaubte, in diesem Sprung eine elfische Behändigkeit auszumachen. Aber der peitschende Schwanz des Greifen riß den Reiter um, und nach seinem Sturz kam er nicht wieder hoch.

Für einen Moment war er doppelt in Gefahr durch den sterbenden Greifen sowie durch sein verwundetes, in Panik geratenes Reittier. Aber dieser Moment war nur kurz. Jeder, der eine Waffe hatte, rannte bereits auf den Greifen zu, um ihm den Rest zu geben. Die Schnellsten – Rynthala und einer der Bogenschützen – erreichten den Reiter und zogen ihn so unsanft hoch, dass Krythis nur hoffte, sie hätten seine Verletzungen nicht verschlimmert.

Dann hackte, schlug und stieß alles auf den Greifen ein, bis der nicht nur reglos dalag, sondern kaum mehr als eine blutige Masse aus Fleisch und Federn war. Krythis war von seinem erhöhten Platz heruntergeklettert und eilte über den Hof.

Dabei sah er Tulia vom Tor herbeikommen. Sie hatte ihr Schwert in der einen Hand und zog mit der anderen Sirbones hinter sich her. Der Priester der Mishakal sah aus, als wäre er lieber woanders, aber die Pflicht wie auch Tulias fester Griff zerrten ihn weiter.

Bis Sirbones und Krythis einander begegneten, war der Pegasus vor Schmerz und Blutverlust ohnmächtig geworden. Ein halbes Dutzend Menschen und Zwerge schleppten den toten Greifen weg. Der Reiter, tatsächlich ein Silvanesti-Elf, war noch nicht wieder bei Bewusstsein.

Zuerst beugte Sirbones sich über den Elfen. Er legte ihm eine Hand auf die Brust, die andere auf die Stirn und murmelte einen kurzen Spruch. Dann blickte er auf, ohne sich zu erheben.

»Ein Stoß auf den Kopf und gebrochene Rippen. Ich habe seine Schmerzen gelindert, damit er weiterschläft, solange wir ihm die Rippen verbinden. Er sollte während des Schlafs genau beobachtet werden. Und wenn du das nächste Mal einen Verwundeten anfasst, Rynthala, dann schleuderst du ihn nicht herum wie einen Heuballen mit einer Mistforke.«

Rynthala klappte den Mund auf, schloss ihn aber wieder, als beide Eltern ihr einen Blick zuwarfen, der zum Schweigen riet. Unterdessen untersuchte Sirbones den Pegasus.

»Solche Wunden vermag ich bei Pegasi nicht zu behandeln«, erklärte Sirbones. »Der Flügel wird ihn vielleicht nie wieder tragen, und er ...«

»Sie«, widersprach Rynthala. »Der Pegasus ist eine Stute.«

Sirbones schien sich seine ursprünglich geplanten Worte genauer zu überlegen und nickte. »Ich fürchte, ich kann sie nicht heilen.«

»Dann tu, was der Reiter tun würde, wenn er wach wäre«, empfahl Tulia. »Erlöse sie von ihren Schmerzen.«

Der Pegasus verdrehte bei diesen Worten die großen grünen Augen und wieherte schwach, wie um zu protestieren. Rynthala trat vor.

»Nun, Sirbones?«

»Ich … ich habe noch nie den Tod gebracht, nicht einmal einem Pegasus. Mein Eid …«

Rynthala gab einen weniger heiligen Schwur von sich. Außerdem stellte sie Mishakals Keuschheit und Sirbones' Manneskraft infrage.

»Dein Eid befiehlt dir doch, unerträgliche Schmerzen zu lindern, oder?«, fragte Tulia. »Schreibt er dir auch vor, wie du das zu machen hast?«

»Ich darf nicht den Tod bringen«, beharrte Sirbones. Er war gebrechlich und über sechzig, aber so standhaft wie die Festung Belkuthas, wenn er diesen Ton anschlug.

»Kannst du die Stute schlafen legen, während ich versuche, ihr den Flügel zu richten und die Flanke zu verbinden?«, bat Rynthala. »Und die Verbände und die Schiene in irgendwelche Heiltränke tauchen, die du vorrätig hast?«

Sirbones wollte Krythis und Tulia mit einem Blick um die Erlaubnis bitten, ihrer Tochter zu gehorchen. Rynthalas Gesicht verfinsterte sich. Eilig schaute Sirbones zur Tochter zurück und nickte. Dann kniete er sich neben den Pegasus. Innerhalb kürzester Zeit hatte das verwundete Tier die Augen geschlossen. Sein Atem ging noch flacher als zuvor, aber viel gleichmäßiger. Von Zeit zu Zeit zuckte sein geflochtener, silberfarbener Schwanz und einmal hob sich der unverletzte Flügel ein Stück. Ansonsten aber hätte der Pegasus genauso gut eine Statue sein können.

Krythis vermutete, dass Sirbones über seine Fähigkeit, Pegasi zu heilen, nicht die ganze Wahrheit gesagt hatte. Höchstwahrscheinlich hatte er sich nicht für einen Pegasus verausgaben wollen, wo bald Menschen, Elfen und Zwerge all seine Kräfte und mehr beanspruchen würden. Mit dieser Wahrheit hätte Rynthala vielleicht leben können. Aber Zögern war etwas, was Rynthala weder verstand noch verzieh, und Krythis fiel es schwer, ihr da nicht beizupflichten.

Denn Belkuthas drohte ein Krieg. Ein nackter, roher, blutiger Krieg.

Und selbst, wenn nicht gerade ein Krieg, dann so viel anderes, wovon man in diesem Land seit Jahren nichts mehr gehört hatte. Die Zeit, über einem Glas Wein verschiedene Möglichkeiten abzuwägen, war ein Luxus, der nur noch in ihren Erinnerungen existierte.

Als die Krieger das Nachtlager aufschlugen, fand Darrin die nächsten Fußspuren. Die Häuptlinge hatten einen Platz gewählt, der so weit wie möglich von unebenem Gelände entfernt war. Das war nicht mehr als ein langer Bogenschuss. Auch befahlen sie, dass keine Zelte aufgestellt wurden, damit niemand darin gefangen sitzen konnte, und dass die ganze Nacht doppelte Posten Wache halten sollten.

Darrin war für die erste Wachmannschaft verantwortlich und fand die Spuren, als er die Posten festlegte. Ein Bote, den er zurückschickte, führte Pirvan, Haimya und die beiden Greifenbrüder zu der Stelle, an der Darrin kniete und eine Stelle mit weichem Sand bewachte, als wäre sie ein Relikt von Huma Drachentöter.

»Kender, denke ich«, meinte Darrin, als nur die vier Gerufenen in Hörweite waren.

Jedenfalls waren diese Fußabdrücke für alles außer Kender und Gossenzwerge zu klein. Gossenzwerge würden in dieser Umgebung wenig zu beißen finden und waren nicht klug genug, Nahrung und Wasser für die Reise einzupacken. Kender indessen waren ungemein schlau, auch wenn sie von ihrer Intelligenz mitunter wenig Gebrauch machten.

Pirvan kniete sich hin und prüfte die Spuren genauer. Die Füße waren nicht nur klein, sondern hatten auch in Stiefeln gesteckt, was noch mehr gegen Gossenzwerge sprach. Außerdem waren sie im Verhältnis zu ihrer Länge tief in den Sand eingesunken.

Pirvan stand auf und klopfte sich den Sand von Händen und Knien. »Tatsächlich, Kender«, bestätigte er. »Und zwar mit schwerem Gepäck.«

»Das sie wahrscheinlich Stück für Stück ihren rechtmäßigen Besitzern abgenommen haben«, murmelte Drei-Hände. Falkenbruder sah weg und Pirvan entschied sich zu schweigen, da an dieser Sache mehr zu sein schien, als auf den ersten Blick zu sehen war.

Die weniger duldsame Haimya meldete sich kühl zu Wort:

»Hast du oder dein Volk mit diesem Kender Streit, mein Häuptling?« Man brauchte Haimya nicht gut zu kennen, um die Schärfe aus den Worten »mein Häuptling« herauszuhören.

»Und wenn?«

»Die Ritter versuchen, das Böse wieder gutzumachen, das sie angerichtet haben, als sie für Istar gegen die ›Barbaren‹ zu Feld zogen. Willst du dabei helfen oder willst du sie behindern?«

»Wie behindere ich sie denn?« Der Greif klang ernstlich verwirrt.

»Seht ihr alle Kender als Diebe und Ungeziefer an?«

Drei-Hände lachte, weniger rau als gewöhnlich. »Nein, nur die, welche in die Wüste kommen, ohne deren Gesetze zu kennen. Zum Glück leben sie nicht alle lang genug, um jemand anderen als den Sand zu stören. Aber ein Kender nimmt alles in die Hand, auch das Pferd eines Mannes, Waffen oder Wasser. Die Wüstengeister halten davon nichts.«

»Du und deine Krieger, ihr habt Gesetze über das Teilen in der Not«, erinnerte Pirvan Drei-Hände.

»Ja, aber diese Gesetze befehlen einem, alles so bald wie möglich zurückzugeben oder zurückzuzahlen. Kender ... Nun, die Götter allein wissen, wo etwas, das ein Kender angefasst hat, am Ende landet. Jedenfalls nicht bei dem, dem es ursprünglich gehörte. Es sind schon Freie Reiter gestorben, weil Kender ihre Wasserschläuche ›verlegt‹ haben«, schloss Drei-Hände. »Glücklicherweise kommen sie nur selten in die Wüste. Deshalb denke ich, dass wir uns über diese beiden keine Gedanken zu machen brauchen, solange sie sich von uns fern halten.«

Pirvan nickte. Es schien der falsche Zeitpunkt für seinen Vorschlag, die Spur der Kender mit Nachdruck zu verfolgen, um sie zu finden und mit ihnen zu sprechen. Wenn Kender die Wüste selten betraten, was machten diese beiden hier und dazu ausgerechnet jetzt? Was hatten sie wohl gesehen?

Diese Fragen würden wohl kaum jemals beantwortet werden. Nicht nur, weil die Wüste groß war und die Kender klein, sondern weil ein durchschnittlicher Kender selbst auf einem leeren Esstisch noch ein Versteck findet.

Als in Belkuthas der Abend anbrach, stellte sich heraus, dass Sirbones und Rynthala gemeinsam dem Pegasus wirklich geholfen hatten. Die innere Blutung hatte aufgehört, die Sprüche des Klerikers hielten den Schmerz in Grenzen, die mehrlagigen Verbände an der verwundeten Flanke taten bereits ihr Werk und der gebrochene Flügel war mit einer maßgeschneiderten Schiene versehen, zu deren Entwurf und Anfertigung Rynthala zwei Geschirrmacher und einen Zimmermannslehrling herangezogen hatte.

Das war auch gut so, und zwar nicht nur für den Pegasus. Als der Reiter wieder zu sich kam, stellte sich heraus, dass er ein Bote von Maradoc war, dem König der Silvanesti. Seine Botschaft lautete, dass eine Gesandtschaft aus Silvanesti, angeführt von Lauthinaradalas, einem Oberrichter, auf dem Weg nach Norden war. Er beabsichtigte, in Belkuthas Quartier zu beziehen, an einem neutralen Ort also, dem sich alle Parteien für den Disput mit Istar ohne Furcht nähern konnten. Die Gesandtschaft würde dort bleiben, bis Istar entweder seine eigene Gesandtschaft zu den Silvanesti schickte oder sich entschlossen zeigte, die Elfen als bloße Untertanen zu behandeln.

»Lord Lauthin geht nicht davon aus, dass die Menschen Vernunft annehmen«, erklärte der Bote von seinem Krankenlager. Krythis und Tulia antworteten nicht auf diese Bemerkung. »Aber der König hat es befohlen und er wird ihm gehorchen. Genau wie ihr.«

Krythis war froh, dass Rynthala noch unten im Stall war – sie schien bereit zu sein, bei dem verwundeten Pegasus zu übernachten.

Er sagte: »Verzeihung, mein Freund …«

»Ich bin kaum der Freund der Halbelfen.«

Krythis zählte in Gedanken bis zehn. »Ich werde Euch bei Eurem Namen nennen, wenn Ihr Euch herablasst, ihn mir zu sagen.«

»Ihr dürft mich Belot nennen.«

Krythis war bewusst, dass dies nicht dasselbe war, als wenn der Mann gesagt hätte, sein Name sei Belot. Auch war es nicht der volle Name, den er aus Höflichkeit dem Gastgeber eigentlich hätte offenbaren müssen, welcher ihm das Leben gerettet hatte. Der so genannte Belot war entweder entschlossen, unverschämt aufzutreten, oder er fürchtete allen Ernstes, dass ihr Menschenblut Krythis und Tulia so verdorben hatte, dass sie seinen vollen Namen dazu benutzen könnten, mit Magie gegen ihn vorzugehen.

Beides war kein gutes Vorzeichen für den Aufenthalt des Elfen in Belkuthas. Was es für den Aufenthalt von vierzig bis sechzig seines Volkes erwarten ließ ... Nur mit einer bewussten Willensanstrengung und ein paar wärmenden Gedanken an Tulia war Krythis in der Lage, nicht zu erschauern.

»Dies ist vielleicht nicht der beste Zeitpunkt für jemanden, der nicht kämpfen oder davonlaufen kann, hierher zu reisen. Greifen sind nicht alles, das man ...«, Krythis suchte ein besseres Wort als *fürchten,* »... bei den eigenen Plänen berücksichtigen sollte«, schloss er. Damit klang er wie ein Rechtsanwalt aus Istar, aber wenigstens wirkte Belot nicht beleidigt.

»Alle Pläne werden leichter zu schmieden sein, wenn Istar seine wahre Beziehung zu den Silvanesti anerkennt«, erläuterte Belot. »Wenn ich jetzt zu meinem Pegasus gehen dürfte, damit ich sehe, wie es ihr geht ...«

Tulia mischte sich ein: »Fürs Erste geht es ihr recht gut.«

»Ich muss ...«

»Ihr dürft dieses Bett nicht ohne Sirbones' Erlaubnis verlassen«, erklärte Tulia und trat an die andere Seite des Bettes.

»Ich soll einen Menschenheiler um Erlaubnis bitten?«

»Er ist ein Priester der Mishakal, die von allen Rassen verehrt wird, einschließlich der Elfen«, betonte Krythis. »Geht, wohin Ihr wollt, aber auf eigene Verantwortung.«

Belot legte sich eine Hand an den verbundenen Kopf, zuckte zusammen und legte sich wieder hin. »Entschuldigung«, sagte er, und es klang fast ehrlich. »Aber ich mache mir Sorgen um Amrisha.« Aus diesen letzten Worten hörte Krythis Wahrheit und echte Zuneigung heraus.

»Unsere Tochter kümmert sich um Amrisha«, beruhigte ihn Tulia.

»Eure ... Tochter ...?«, wiederholte Belot. Er betonte dieses Wort, als wäre es geradezu obszön, und starrte die Halbelfe an, als hätte er gerade Mist in seinem Weinkelch gefunden.

»Eine ausgezeichnete Reiterin, die mehr über das Heilen von Tieren weiß als jeder andere«, beharrte Tulia.

»Ein Halbelfenmischling kümmert sich um Amrisha?«, fuhr Belot auf. »Seid Ihr von Sinnen?«

Diesmal zählte Krythis nicht bis zehn und dachte auch nicht wohlwollend an Tulia. Ganz kurz, aber sehr detailliert, stellte er sich vor, wie schön es wäre, Belot vom Dach des Bergfrieds zu werfen. Wenn jemand außer Amrisha, der Pegasusstute, Belot vermissen würde, hätte das Krythis überrascht. Außerdem war er erneut dankbar, dass Rynthala nicht anwesend war. Sie hätte noch länger darüber nachgedacht, was sie gegen Sirbones' Heilversuche an Belot unternehmen könnte – und vielleicht nicht nur darüber nachgedacht.

»Ihr wärt noch mehr von Sinnen als wir, wenn Ihr in der Zitadelle herumlaufen wolltet, solange Euch der Kopf brummt wie ein ganzer Bienenstock und Eure Füße bei jedem Schritt in zwei verschiedene Richtungen laufen«, fauchte Tulia. »Wir respektieren, dass Ihr König Maradocs Vertrauen genießt. Aber heute Nacht wäre es ratsam, Euch unseres zu erwerben.«

Sie schob ihren Arm unter den ihres Gatten. »Wollen wir diesem Elfen nicht die Ruhe gönnen, derer er so dringend bedarf?«

Das einzige Problem an Tulias Eingreifen war, dass Krythis das Zimmer nicht so schnell verlassen konnte, wie er es gern getan hätte.

Draußen an der frischen Luft merkte Krythis, wie seine Wut und seine Haut abkühlten – nur nicht dort, wo Tulias Berührung ihn wärmte.

»Als wäre der Krieg nicht genug«, sagte sie schließlich.

»Müssen wir den Krieg fürchten, wenn dieser Oberrichter Lauthin und sein Gefolge kommen? Hunger, vielleicht, und Scharmützel, ja, aber Krieg? Wer würde uns angreifen, solange wir eine solche Gesandtschaft beherbergen?«

»Jeder, der den entscheidenden Krieg zwischen Menschen und Elfen will. Du hast mir selber immer wieder versichert, dass es solche Leute gibt. Willst du jetzt etwas anderes behaupten, um mich zu beruhigen?« Sie klang genau wie ihre Tochter.

Krythis wusste, dass jedes Wort, das auch nur nach einer Unwahrheit roch, eine Beleidigung gewesen wäre, die sie ihm nicht so bald verzeihen würde.

Er würde sich nicht mit Tulia überwerfen. Nicht jetzt. »Du hast Recht«, bestätigte er langsam. »Aber wenn Lauthin Männer wie Belot mitbringt, werden wir die Gesandten wahrscheinlich nicht so lange überleben, dass wir im Krieg umkommen!«

»Dann lass uns die Tage und Nächte, bis sie kommen, mit so viel Leben füllen, wie in uns ist«, sagte Tulia.

Kapitel 9

Rynthala riss beide Hände hoch, sodass sie ihr Pferd nur mit den Knien lenkte. Eine Hand hob sie über den Kopf, um ihren Spähtrupp anzuhalten; die andere streckte sie zur Seite aus, Daumen und Zeigefinger gespreizt. Das brachte Tharash aus dem Sattel und an ihren Steigbügel, wenn auch in dem ihm eigenen, anmutig gemächlichen Tempo.

Tharash (sein vollständiger Name war nur wenig kürzer als der eines Gnomen) war ein Elf, der dunklen Farbe nach zu urteilen fast sicher von Kagonesti-Abstammung. Er behauptete, siebenhundert Jahre alt zu sein, auch wenn er nicht so aussah, selbst nach elfischen Maßstäben. Jedenfalls konnten Rynthalas Eltern nur die letzten vierzig dieser Jahre bezeugen.

Sein Alter war auch gleichgültig. Er war der beste Fährtenleser und der unermüdlichste Jäger und Waldläufer, den sie je kennen gelernt hatten. Und Rynthala, die in solchen Fragen für ihr Alter ungewöhnlich beschlagen war (was vor allem Tharashs Unterweisungen zu verdanken war), war bereit, sich in dieser Hinsicht auf das Wort ihrer Eltern zu verlassen.

Sie war sogar bereit gewesen, Tharash auf diesen Ritt nach Süden und Westen mitzunehmen; soweit sie wusste, war das nur ein Trick, um sie von Belot fern zu halten. Ihre Eltern vertrauten ihrer Pfadfinderkunst und ihrem Mut; ihrer Selbstbeherrschung gegenüber dem Elfenboten trauten sie dagegen nicht. Da sie ihn nicht beleidigen durften, indem sie mit ihr ritten, hatten sie Tharash in seiner alten Rolle als Ersatzvater mitgeschickt. Begleitet wurden die beiden von einem Dutzend der besten Waldläufer und Reiter von Belkuthas.

»Ja, Lady Rynthi?«, fragte Tharash. Inzwischen setzte er den Titel »Lady« vor ihren Kosenamen und tätschelte ihr nicht mehr die Knie. Ansonsten aber verhielt er sich ihr gegenüber genauso wie damals, als sie sieben gewesen war und mit ihm ihre erste Nacht im Wald verbracht hatte.

»Sieh selbst, ist das nicht Rauch hinter dem Grat – dem mit der roten Klippe – im Südwesten?«

Tharash erkannte es auf einen Blick. »Deine Augen sind scharf, Herrin.«

»Wer hat sie geschärft?«

»Schuldig. Aber deine Zunge verdankst du dir selbst.«

»Musst du wieder damit anfangen? Meine Eltern haben schon genug darauf herumgehackt.«

Aber Tharash hörte nicht zu. Nachdem er sich vergewissert hatte, dass niemand mitgehört hatte, kniete er sich nieder und legte sein Ohr auf den Boden. Selbst in dieser Haltung wirkte er noch elegant. Hastig stand er wieder auf.

»Wenn meine Ohren mich nicht täuschen ...«

»Deine Ohren werden dich erst täuschen, wenn ich schon lange tot bin«, sagte Rynthala freundlich, aber Tharash runzelte die Stirn.

Dabei hatte sie nur die Wahrheit gesagt. Ihr Anteil Elfenblut mochte ihr eine Lebensspanne von hundert Jahren oder mehr bescheren, aber Tharash würde trotzdem noch Fährten verfolgen, wenn ihre Asche schon von den Winden von Krynn verweht wurde. Das war ein Preis, den nur wenige Elfen dafür zu zahlen bereit waren, dass sie sich mit Menschen anfreundeten, und deshalb hatte Tharash mehr Ehrerbietung oder zumindest seltenere Erinnerungen an die Gegebenheiten verdient.

»Meine Ohren verraten mir, dass nicht weit von hier nicht weniger als drei größere Gruppen unterwegs sind, mindestens zwei davon größtenteils beritten.«

Die Höflichkeit des Elfen hielt ihn davon ab, hinzuzufügen: »Ist es da klug, weiterzuziehen?«, aber Rynthala hörte die Frage in seiner Stimme mitschwingen.

»Eine davon könnte durchaus Lauthins Gesandtschaft sein. Wenn das so ist, sollten wir sie aufsuchen und mit ihr nach Norden reiten.«

»Werden uns Lauthins Männer freundlich aufnehmen? Ich bin keine Silvanesti, deshalb sind mir Leute wie Lauthin genauso fremd wie Kender und lange nicht so unterhaltsam.«

»Sie scheinen ohnehin schon das Schlimmste von den Bewohnern von Belkuthas zu erwarten. Es kann nicht schaden, wenn wir ihnen eine Ehrengarde schicken.«

Sie fügte nicht hinzu: »Solange wir nicht auf einen Gegner treffen, der für unsere vierzehn Bögen zu stark ist«, weil sie auch diese Worte aus der Stimme des Elfenwaldläufers heraushörte. Ihr fiel überhaupt kein kluger Satz dazu ein, und so gab sie nur das Zeichen zum Aufsitzen und Weiterziehen.

Drei Tage lang war die Kompanie aus Freien Reitern und solamnischen Kriegern kreuz und quer durch das Land in Richtung Belkuthas gezogen. Das war ein Kompromiss zwischen der Aufteilung der Gruppe, um nach Zephros' Armee Ausschau zu halten, und dem direkten Marsch zur Zitadelle.

Keiner der beiden Anführer hätte die Kompanie gern geteilt. Höchstens einen Tagesritt entfernt befanden sich mindestens drei weitere bewaffnete Gruppen, die Kender nicht mitgerechnet. Alle blieben so unsichtbar, als hätten sie sich wie Zwerge in den Fels eingegraben. Wenn sie die Reiter aufteilten, wurde es wahrscheinlicher, dass sie auf eine dieser Gruppen stießen, aber auch, dass sie ihr zum Opfer fielen, wenn sie auf starke Gegner trafen.

Drei-Hände blieb mit Nachdruck bei seinem Vorschlag, auf direktem Weg nach Belkuthas zu reiten. Pirvan war anderer Ansicht.

»Die Bewohner von Belkuthas nehmen jeden freundlich auf oder behandeln zumindest niemanden feindselig, der in Frieden kommt. Aber sie werden uns einen wärmeren Empfang bereiten, wenn wir mehr darüber wissen, wer noch anrückt. Denn ich glaube, es kommt nicht nur Zephros.«

Diese Vorstellung fand Drei-Hände offensichtlich so berückend wie die Trockenlegung einer Oase, aber er bestätigte, dass Pirvan weise gesprochen hatte. Deshalb gingen sie zu einem Zickzackkurs über, der sie mit jedem Tag näher an Belkuthas heranführte, gleichzeitig aber zuließ, dass sie das Land beiderseits des direkten Weges absuchten.

Es war nun der letzte Halt nach dem dritten Tagesmarsch. Pirvan hockte sich im Schneidersitz hin. In dieser Haltung und bei seiner Aufmachung hätte man zweimal hinsehen müssen, um zu erkennen, dass er kein Freier Reiter war. Haimya lag auf einem Stück Wildleder, den Kopf in Pirvans Schoß gebettet, und ihr Mann kämmte ihr den Sand aus den Haaren.

In ihren Haaren war mehr Grau als noch vor kurzem bei ihrem Aufbruch in die Wüste. Aber es war immer noch dicht und kräftig und eine Wohltat für Pirvans hindurchgleitende Finger. Er wünschte sich ernsthaft, dass bald eine Nacht käme, in der er und seine Frau ein Zelt aufstellen und sich zurückziehen konnten.

Ein Schatten fiel über sie. Als sie aufblickten, sahen sie Falkenbruder.

»Verzeiht meine Störung …«

Haimya lächelte. »Du siehst zu ernst aus, als dass wir dich wegschicken würden, egal, was du zu sagen hast.«

»Du bist großzügiger, als ich verdient habe. Äh … Wie lange sollen wir Tarothin noch den Härten dieses Landes aussetzen?«

Pirvan wollte auffahren, aber Haimya legte ihm einen Finger an die Lippen. »Wir werden damit aufhören, wenn Tarothin uns darum bittet, nicht eher«, antwortete sie. »Er ist nicht nur ein mächtiger Zauberer, sondern auch ein alter Freund, und dies ist wahrscheinlich seine letzte Reise. Wir können ihn nicht entehren, indem wir ihn wie ein Kleinkind einpacken.«

Das Wort »Ehre« hatte diesmal nicht seine gewöhnliche, halb magische Wirkung auf den Freien Reiter. Pirvan merkte, dass hier mehr erforderlich war, und versuchte, gelassen zu bleiben.

»Immerhin darf er im Zelt schlafen. Er hat bewiesen, dass er aus dem Tiefschlaf erwachen, sein Zelt abbauen, Stangen und Haken aus den Boden reißen und das Feuer löschen kann – und das alles ohne oder nur mit wenig Magie.«

»Jedenfalls einmal«, erwiderte Falkenbruder.

»Einmal ist alles, was nötig sein wird. Nach dem ersten Angriff reiten wir direkt nach Belkuthas, um die Leute dort zu warnen.«

Falkenbruder nickte, doch die unausgesprochenen Worte hingen wie überreife Beeren an seinen Lippen. Pirvans Hände beendeten ihre Arbeit an Haimyas Haaren.

»Was hast du wirklich auf dem Herzen, Falkenbruder? Wenn du nicht die Wahrheit sagst, werde ich dir verbieten, dich mit Eskaia zu treffen!«

Falkenbruders Gesicht verriet Pirvan, dass dies ein unpassender Scherz gewesen war, noch bevor Haimya ihren Mann so fest in die Innenseite seines Oberschenkels kniff, dass ihre Fingernägel fast die Haut durchbohrten. Der Greifenkrieger sah so wütend aus, als hätte er am liebsten zum Messer gegriffen, und so gedemütigt, als hätte er am liebsten geweint.

»Ich bitte um Verzeihung, obwohl mir klar ist, dass mein schlechter Scherz diese vielleicht nicht verdient hat«, lenkte Pirvan ein. Haimyas Kneifen wurde zu einer Liebkosung.

»Oh, doch, denn du bist mein Häuptling und hast das Recht, zu sprechen, wie du wünschst.«

»Auch als Vater, der vergessen hat, dass seine Tochter eine erwachsene Frau ist, der er nichts zu befehlen hat?«

»Auch dann«, bestätigte Falkenbruder und lächelte. »Du und mein Vater, ihr solltet euch eines Tages beim Wein niedersetzen und euch Geschichten von den Befehlen erzählen, die ihr euren Kindern gegeben habt, ohne dass sie gehorchten. Ich bin sicher, das würde euch beide trösten.«

»Wenn dieser Tag kommt, bin ich ganz sicher dazu bereit«, sagte Pirvan.

»Aber dein Vater ist weit fort und dein Bruder ist nah. Möchte er unsere Suche abbrechen?«

Falkenbruders Blick verriet Pirvan, dass er richtig geraten hatte. Haimyas Blick dagegen fragte ihn ohne Worte, warum er – wenn er so schlau war – einen hirnlosen Scherz gemacht hatte, der Falkenbruder sowie ihre Tochter beleidigt hatte.

»Nun, wenn dein Bruder die Frage offen anschneidet …«

»Das wird er nicht, Häuptling Pirvan. Aber er fühlt sich hier als Fremder, dem ein Kampf mit anderen Fremden in einem fremden Land bevorsteht, in dem vielleicht hundert Jahre oder länger kein Freier Reiter an seinem Grab vorbeikommt.«

Pirvan dachte an all die Ritter von Solamnia, die mit einem Auftrag ausgezogen und für immer verschwunden waren, sodass in den Schriften nur noch stand: »Vermisst, vermutlich ehrenvoll gefallen.« Wie viele von ihnen hatten daran gezweifelt, ob es wohl klug war, dort zu sein, wo sie schließlich fielen – und waren dem Tod dennoch mutig entgegengetreten?

Er erinnerte sich an eine Regel aus den Tagen seiner Ausbildung zum Ritter der Krone: *Die Ehre ist kein Wettstreit. Setze niemanden einer Prüfung aus, die du nicht selber auf dich nehmen würdest.*

Das sollte ihm bei Drei-Hände als Richtschnur dienen. Die Prüfung des Freien Reiters hatte noch bis zum Mondaufgang am nächsten Abend Zeit.

Dann riefen die Trompete der Solamnier und die Trommel der Greifen zum Besteigen der Pferde auf.

Horimpsot Altdrache war der Erste, der die Söldnerbande erspähte, die im Hinterhalt lag. Das hätte fast einen Streit mit seinem Gefährten ausgelöst, dem der Gedanke missfiel, dass seine Augen schwächer waren als die des jüngeren Kenders.

Zum Glück war Imsaffor Sauseschritt dann aber der Erste, der die berittene Abteilung entdeckte, die sich von Süden her auf das Versteck der Kender zubewegte. Und beide gleichzeitig sichteten die Posten, die auf dem Pass Position bezogen.

»Das wird ein wunderbarer Kampf«, freute sich Altdrache. »Er dauert bestimmt den Rest des Tages, und dann können wir runtergehen und auf dem Feld machen, was wir wollen.«

»Nein, können wir nicht«, widersprach Sauseschritt. Er sprach mit einer Feierlichkeit, die man gewöhnlich mehr mit Klerikern der Weißen Roben in Verbindung brachte als mit Kendern. »Wir müssen die Reiter warnen.«

»Oh, und wenn sie dankbar sind, können wir …«

»Wir müssen sie warnen, weil sie nicht Zephros' Männer sind. Jeder in diesem Land, der nicht zu Zephros gehört, wird ihn vielleicht irgendwann bekämpfen. Es geht nicht darum, was sie für uns tun werden, sondern darum, was sie gegen Zephros tun.«

»Aber wie sollen wir sie warnen, bevor sie auf Schussweite herangekommen sind? Diese Söldner sehen stark aus.«

»Woher weißt *du* denn, wie man Menschenkrieger beurteilt?«, fauchte Sauseschritt. »Ich habe mehr Jahre unter ihnen zugebracht als du auf Reisen.«

»Und ihre Pferde sind schon länger Pferde, als du alt bist, und es sind trotzdem Pferde!«, stieß der junge Kender hervor.

Sauseschritt würdigte diesen Ausbruch keiner Erwiderung. Stattdessen stand er auf und warf Gepäck, Beutel und Waffen auf den Felsboden. Dann rannte er ins Freie, auf einen Hang, wo er von den Söldnern bestens zu sehen war.

Kurz darauf hörte Altdrache seinen Begleiter in schrillem Spott die Stimme erheben.

»He, ihr blöden Säcke da oben! Die Sonne wird euch schon noch rösten, aber im Augenblick stinkt ihr! Geht woanders hin und verpestet dort die Luft!«

Seine Beschimpfungen wurden schnell schlimmer.

Altdrache wartete nicht lange, bis auch er aufstand und die meisten seiner Beutel abwarf. Seinen Hupak legte er jedoch nicht weg.

Sein Freund war da rausgegangen, um die Söldner zu reizen. Er hatte nichts als die Kleider am Leib. Nach Kenderbrauch musste jeder Kender in Hörweite sich Sauseschritt anschließen, sonst würde man später *seine* Erinnerungen verlachen.

Er rannte ins Freie und fügte dem Surren seines herumgewirbelten Hupaks ein paar gut gewählte Worte darüber hinzu, wie selten die Söldner badeten. Es folgte eine Beschreibung der Auswirkungen auf Haut, Bart, Haare, Zunge, Verdauungssystem und ihre Chancen bei Frauen. Bis er diese Beschimpfungen beendet hatte, waren Imsaffor Sauseschritt schon ein paar neue Ideen gekommen.

Zwischen den Verhöhnungen horchten die Kender darauf, ob die Söldner aus ihrer Deckung kamen, die Schwerter zogen oder Pfeile auflegten. Schon bald konnten sie das nahende Klappern und Donnern der Berittenen hören.

Sir Darrin, der vorausritt, löste auf höchst unübliche Weise Alarm aus.

»Was tanzen denn diese verrückten Kinder da drüben herum?«, rief er aus. Dann schrie er in verändertem Ton: »Sir Pirvan! Drei-Hände! Ich glaube, wir haben unsere Kender gefunden!«

Dann, als die sinkende Sonne die Helme und Waffen der Angreifer blitzen ließ, die aus ihrer Deckung sprangen, brüllte Darrin: »Angriff!«

Manche von denen, die hinter ihm ritten, verstanden dies als Warnung, andere als Befehl. Die Bibliothek von Burg Dargaard war voller Bücher über Schlachten und Feldzüge, die durch zweideutige Befehle durcheinander geraten waren oder gar katastrophal geendet hatten. Pirvan gab seinem Pferd die Sporen und rief Haimya und Grimsor zu, ihre Kompanie zurückzuhalten, um Tarothin zu beschützen. Er würde mit Darrin ein Wörtchen zu reden haben, der schließlich nicht zum ersten Mal in die Schlacht zog und es eigentlich besser hätte wissen müssen!

Dann merkte Pirvan, dass Darrin – durch einen glücklichen Zufall – genau die richtige Taktik gewählt hatte. Eine ganze Menge Freie Reiter und ein paar Solamnier versammelten sich um ihn. Sie brannten darauf, den Hang hinauf in die Schlacht geführt zu werden.

Alle übrigen lenkten ihre Pferde in Verteidigungsformation – während von rechts ein bunt gewürfelter Haufen zu Fuß und zu Pferd aus einer engen Felsspalte drängte. Pirvan wusste, dass es seine Pflicht war, mit den Fremden zu verhandeln und zu versuchen, friedlich mit ihnen auszukommen, aber wenn er scheiterte, würden seine Kämpfer unten gut vorbereitet sein, um den Fremden standzuhalten.

Er würde dennoch mit Darrin reden müssen, aber kürzer und milder. Und zwar, *nachdem* er mit den Männern fertig war, die jetzt zur Rechten nur noch knapp außer Schussweite waren.

Pirvan wendete sein Pferd, entdeckte Falkenbruder neben sich, dachte daran, den Greifenkrieger zum Rückzug aufzufordern, besann sich dann aber eines Besseren. Er hatte Falkenbruder an diesem Tag schon einmal beleidigt; wenn er es ein zweites Mal tat und Falkenbruder den Kampf nicht überlebte, würde Eskaia ihm das nie verzeihen.

»Denk daran, junger Häuptling!«, rief er. »Wir geben ihnen Gelegenheit, sich zu äußern, und wenn sie Frieden wünschen, werden wir ihn gewähren.«

»Oh, ich gehorche«, gab Falkenbruder zurück. Er musste den wachsenden Lärm übertönen. »Aber sie sollen sich schnell äußern, sonst wird mein Schwert antworten!«

Die Sonne spiegelte sich in seinem Krummschwert wider, als er es zog und schwenkte.

»Das ist ein Kampf«, sagte Tharash und zeigte nach vorn.

Rynthala beschattete ihre Augen vor der Sonne, dann nickte sie. Aber ihre Stimme enthielt Zweifel. »Es ist nicht die Stelle, wo wir beide den Rauch gesehen haben.«

»Das ist Sonne auf Stahl oder ich bin ein junger Eulenbär. Das bedeutet Kampf oder zumindest Krieger. Ich bezweifle, dass jemand in Rüstung und Waffen durch diese Wüste zieht, um die Sandwürmer zu unterhalten.«

Rynthala merkte, dass sie gerade sanft zurechtgewiesen worden war. Da sie sich erinnerte, was Tharash sagen konnte, wenn er nicht sanft bleiben wollte, hoffte sie, nie wieder in diese Verlegenheit zu kommen.

»Ich hoffe, Lauthin und seine Freunde sind nicht in der Nähe«, sagte sie. »Ich würde lieber in meine erste Schlacht ziehen, ohne dass ein Oberrichter der Silvanesti zusieht.«

Tharash schaffte es, beredte Zustimmung in ein einfaches Nicken zu legen. Daraufhin drückte Rynthala sich in ihren Steigbügeln hoch und brachte die Reiter mit einem Handzeichen in Kampfaufstellung.

Sie würden so lange im Sattel bleiben, wie der Feind oder das Gelände es gestatteten. Alle außer ihr und Tharash hatten zwei Bögen, einen langen, den man vom Boden aus benutzte, und einen kürzeren für den Kampf zu Pferd, dazu die passenden Pfeile. Deshalb konnten sie vom Sattel aus ebenso schnell schießen, wenn auch nicht so weit, und sicherten sich gleichzeitig den Vorteil des Reiters, je nach Wunsch vorzurücken, sich zurückzuziehen oder in den Nahkampf zu stürmen.

Wenn sie und ihre Begleiter es jetzt nur noch vermeiden konnten, den Kopf in eine Schlinge zu stecken, die sie erst erkannten, wenn sie sich schon zugezogen hatte …

Sie ließ die Hände zum letzten Signal gleichzeitig nach unten schießen: *Vorwärts, genau auf die Mitte.*

Pirvan hätte gern gelegentlich einen Blick auf den Hang geworfen, der jetzt links von ihm lag. Er hoffte, dass Darrin seine

Männer im Griff und aus dem eifrigen Haufen eine disziplinierte Abteilung gemacht hatte.

Aber die Hoffnung war alles, was ihm blieb. Er würde einen wichtigen Vorteil gegenüber den Männern vor ihm verlieren, wenn er einen besorgten Eindruck machte. Um die Lage zu beherrschen, musste er zuerst sich selbst beherrschen.

»Ho!«, rief er, als er glaubte, seine Stimme würde tragen, und sicher war, dass sie nicht rau oder im Gegenteil zu spitz klingen würde. »Wer seid ihr?«

»Wer will das wissen?«, gab einer der nahenden Reiter zurück. Er schien ein gutes Pferd zu haben, obwohl es schmale Flanken besaß, Und er hatte sowohl Breitschwert als auch Streitkolben am Sattel hängen.

»Das sind die Solamnier!«, schrie jemand hinter dem Reiter. »Tötet sie, dann erfährt niemand, dass wir hier waren!«

Pirvan blieb ein Augenblick Zeit zu überlegen, dass der Anführer dieser Bande ein wahrer Schwachkopf oder unglaublich bösartig sein musste, um solche Idioten in seiner Gesellschaft verdient zu haben. Er hatte Zeit für diesen Gedanken, weil der Reiter einen verzweifelten Versuch machte, sein Pferd zur Seite zu lenken und den Ansturm der Fußsoldaten aufzuhalten, die nach dem Ausruf des Dummkopfs losgerannt waren.

Das Pferd bäumte sich auf. Einer der Fußsoldaten stieß ihm einen Speer in die Brust. Schreie und spritzendes Blut erfüllten die Luft und Pferd und Reiter stürzten, um unter dem Ansturm der anderen zu verschwinden.

Ein Mann sprang vor, weil er entschlossen war, als Erster anzugreifen. Pirvan hoffte, es war der Schwachkopf, der den Kampf angezettelt hatte. Der Ritter zog sein Schwert und gab seinem Pferd die Sporen.

Eines Tages würde er sich nicht mehr auf seine Schnelligkeit verlassen können und dann würde ein Wettlauf zwischen dem Ende seiner Kampftage und dem Ende seines Lebens einsetzen. Aber vorläufig konnte der Ritter des Schwertes, ehemaliger Meisterdieb aus Istar, in seinem neuen Beruf noch auf dieselbe Schnelligkeit und Wendigkeit vertrauen, die in seinem alten so unverzichtbar gewesen war.

Unglücklicherweise – für Pirvan und für seinen kühnen Gegner – war Falkenbruder noch schneller.

Ein schriller Greifenschrei durchschnitt die Luft – machte Pirvan beinahe taub. Falkenbruders schwarzes Pferd war ein Wirbelwind; sein Krummsäbel und der Arm, der ihn hielt, bewegten sich schneller, als ein Menschenauge nachvollziehen konnte.

Im einen Augenblick rannte der Gegner noch kühn nach vorn; im nächsten schon kippte sein Körper zur einen Seite und der Kopf rollte auf die andere. Zwei treue Kameraden versuchten, die Leiche davor zu bewahren, von Freund oder Feind zertrampelt zu werden, und Pirvan war durchaus bereit, dies zuzulassen.

Nicht so Falkenbruder.

»*Ihr* werdet wissen, dass wir hier gewesen sind, selbst wenn ihr uns alle tötet!«, brüllte er. Sein Krummschwert sauste mit einer unglaublichen Geschwindigkeit und in einem kaum vorstellbaren Winkel wieder nach unten. Pirvan hätte diesen Schlag ungern einem Waffenmeister einer solamnischen Burg beschrieben. Doch der Stahl erreichte sein Ziel und ein weiterer Gegner lag mit einer klaffenden Kopfwunde auf dem Boden.

Der dritte Mann hob mit beiden Händen einen Speer; Falkenbruders Krummschwert kam herunter und schlug die gegnerische Waffe entzwei, während die Spitze der Klinge dem Mann das Gesicht zerschnitt. Der Gegner schrie auf, hatte aber noch den Mut, die spitze Speerhälfte nach Falkenbruders Pferd zu werfen. Sie streifte es an der Seite, doch das Pferd reagierte darauf nicht mehr als auf einen Fliegenbiss.

Pirvan streckte sein Schwert drängend nach hinten und zeigte mit der Hand auf den anrückenden Feind. »Wir müssen zurück zu unseren Kameraden, damit es eine Schlacht wird, Falkenbruder. Ich werde Lieder über dich singen, ob meine Stimme dazu taugt oder nicht, aber mir wäre es lieber, wenn wir dann beide noch am Leben wären!«

»Falls das ein Versprechen ist, folge ich dir«, willigte Falkenbruder ein. Allerdings bemerkte Pirvan, dass der junge Krieger sein Pferd noch einen Moment vor dem Ritter wendete.

Dann galoppierten beide auf ihre eigenen Reihen zu, verfolgt von Pfeilen und Flüchen, von denen keiner sein Ziel traf. Als Pirvan wieder den Kopf hochnehmen konnte, wandte er seine Blicke endlich dem Hang zu, um zu überprüfen, wie Darrins Teil der Schlacht verlief.

Aber er konnte kaum etwas erkennen. Auf dem Hang war eine riesige gelbe Staubwolke aufgewirbelt worden. Zwischen den Staubwirbeln erhaschte Pirvan gelegentlich einen Blick auf etwas, was er für Menschenkämpfer in schneller Bewegungsfolge hielt. Er konnte jedoch weder die verschiedenen Seiten unterscheiden noch ganz sichergehen, dass keine Hobgoblins und Oger auf dem Schlachtfeld waren.

Inzwischen rückte die Spitze der Abteilung, der Pirvan gegenüberstand, vor, und zwar ohne eine bestimmte Ordnung, aber zahlenmäßig deutlich überlegen. Pirvan und Falkenbruder hätten womöglich um ihr Leben kämpfen müssen, aber Drei-Hände und Haimya führten Greifen und Solamnier zur Rettung herbei.

Die Verstärkung zählte kaum mehr als zwanzig Mann und musste sich mindestens doppelt so vielen Gegnern stellen. Aber der Feind hatte keinen weiteren Vorteil durch Waffen, Disziplin oder Kampfgeschick, und an Entschlossenheit und Tapferkeit war er weit unterlegen.

Die Solamnier waren darauf aus, die Beleidigung ihres Anführers und der Ritter im Allgemeinen zu rächen. Die Greifen waren darauf aus, sich an Kühnheit von niemandem übertreffen zu lassen, der Istar auch nur annähernd freundlich gesonnen war. Außerdem begrüßten sie die Gelegenheit, endlich einen der bewaffneten Geister vor sich zu haben, deren Fährte sie seit drei Tagen verfolgten.

Doch der Gegenangriff prallte mit einer Wildheit auf die Spitze der Abteilung, die selbst eine viel größere und beherztere Truppe entmutigt hätte. Diejenigen Gegner, die nicht sofort fielen, schraken zurück, drehten sich um und flohen. Diejenigen, die gleich dahinter waren, gerieten in Unordnung, während sie versuchten, nicht von ihren fliehenden Kameraden zertrampelt zu werden.

Die vier berittenen Anführer – Pirvan, Haimya und die zwei

Söhne von Rotdorn – wendeten ihre Pferde und trieben sie zwischen die Reihen der Flüchtenden. Ihre Männer folgten ihnen mehr eilig als ordentlich, aber dies war eine Schlacht, in der Stahl und Grausamkeit viel mehr galten als geordnete Linien.

Pirvan schlug das Herz bis zum Hals, als er sah, dass einer der »Männer« Eskaia war. Zum Glück war ihr Bruder neben ihr, der sein Schwert fast so geschickt führte wie ein Ritter. Auf ihrer anderen Seite befand sich erstaunlicherweise, aber unleugbar Grimsor Einauge.

Von Serafina keine Spur. Pirvan vermutete, dass auch ihr das Herz bis zum Halse schlug, wenn sie sah, dass ihr kurzatmiger Seebär auf einem Pferd in die Schlacht ritt, das eigentlich kaum groß genug war, mit ihm anzutraben.

Wenn Grimsor diese Schlacht nicht überlebt, überschlugen sich Pirvans Gedanken, *sollte ich lieber fliehen und den Rest meiner Tage unter Minotauren beschließen, sonst wird Serafina mich zur Verantwortung ziehen.*

Dann rief jemand so laut, dass man ihn über das Wiehern der Pferde und das Schreien der Männer, das Klirren von Stahl auf Stahl und den restlichen Lärm der Schlacht vernehmen konnte. Einen Augenblick später konnte Pirvan sogar die Worte des Rufenden verstehen.

»Seht nur! Oben auf dem Berg, über Darrin! Feindliche Kavallerie!«

Pirvan blickte hoch und ihm sank das Herz. Der Staub hatte sich so weit verzogen, dass er Darrin sehen konnte – ein ganzes Stück innerhalb der Reihen der Feinde, zusammen mit seinen Männern –, dazu eine Abteilung zu Pferd, die den Hang herunterstieß, um Darrins Flanke zu treffen.

Plötzlich war es kein harter Kampf mehr, sondern ein verzweifelter.

Als Rynthala ihren Trupp über den Grat geführt hatte und den Kampf unten sehen konnte, fielen ihr sofort zwei Dinge auf. Zum einen eine gewaltige Staubwolke, in der man kaum erkennen konnte, ob dort wirklich menschliche Wesen umherliefen und kämpften, geschweige denn, dass man die gegnerischen Seiten hätte unterscheiden können.

Zum anderen ein Kender, der auf einem Stein stand und verzweifelt mit den Armen wedelte.

Rynthala ließ ihr Pferd auf den Stein zupreschen, wo sie es so plötzlich zügelte, dass ihr Reitlehrer das Gesicht verzogen hätte. Die Schlacht jedoch hatte eigene Regeln.

»Ho, kleiner Freund …«

»Klein? Ich bin so groß wie mein Freund Fallenspringer und der war groß genug, um auch mal als Mensch durchzugehen. Hat ihn sehr geärgert. Mich wird es genauso ärgern, wenn Ihr nicht versucht, meinen Freund, Imsaffor Sauseschritt, zu retten.«

Rynthala zeigte auf die Staubwolke. »Ist er da drin?«

»Nun, ich habe ihn nicht herauskommen sehen, und wenn er nicht fortgeflogen ist oder sich eingegraben hat … Und er ist kein Zwerg, sonder ein Kender wie ich …«

Der Kender war seine Botschaft losgeworden. Rynthala zeigte nach links. »Folge mir da hinunter, aber bleib hinter mir und halte dich aus dem Staub raus. Wir wollen doch nicht, dass jemand vor lauter Schreck auf uns einschlägt.«

Rynthala hoffte, dass sie ebenso viel Selbstbeherrschung besitzen würde, wie sie sie von der anderen Partei erwartete. Im Augenblick war ihr Mund so trocken, als hätte sie eine Stunde Staub geschluckt. Ihr Atem ging schnell und Muskeln, von denen sie gar nicht gewusst hatte, dass sie sie besaß, zuckten unwillkürlich. Als sie ihrem Pferd die Sporen gab, war sie überrascht, dass ihr Beindruck ihm nicht die Rippen brach.

Aber das Pferd schien so eifrig zu sein wie seine vertraute Herrin. Gemeinsam schossen sie den Hang hinunter. Rynthalas erster Gedanke war, sich von dem Staub fern zu halten, bis sie einen Gefangenen machen oder unter den Kämpfern einen bereitwilligen Informanten finden konnte. Im Augenblick sah sie keine Elfen und kaum Bogenschützen, aber die Staubwolke wurde auch schnell groß genug, um ein kleines Gutshaus zu verhüllen. Wenn so wenig zu erkennen war, durfte sie ihre Freunde nicht in Gefahr bringen.

Als sie schon den halben Hang hinunter war, kam Wind auf, der den Staub zunächst auf sie zublies. Sie ritt durch eine gelbe Wand, war geradezu überrascht, dass diese nicht hart wie

Stein war, und fand sich hustend in verhältnismäßig klarer Luft wieder.

Außerdem befand sie sich oberhalb des größten Mannes, den sie je gesehen hatte – er war so groß wie ein Oger, wenn er auch einen weitaus angenehmeren Anblick bot. Tatsächlich sah er so beeindruckend aus und bewegte sich so schnell und geschmeidig, dass Rynthala unwillkürlich die Hand hob und das Zeichen von Kiri-Jolit machte.

Der gottgleiche junge Krieger sah Rynthala erst nicht, da er mit zwei Gegnern beschäftigt war. Sie bemerkte, dass er sie auf sicheren Abstand hielt und es nicht darauf anlegte, die gegnerische Deckung zu durchdringen und die beiden zu töten. Das wäre ihm angesichts seines Vorteils durch Größe und Reichweite ein Leichtes gewesen und darüber hinaus hatte er noch ein Schwert, das seinen Proportionen angemessen war.

Auf einmal warf einer der Männer seine Waffe weg, kniete sich nieder und flehte um Gnade. Der andere drehte sich um und floh. Als er in der Staubwolke verschwand, hörte Rynthala einen Schrei – und der Mann stolperte wieder heraus und umklammerte ein blutendes Bein.

Er wurde von einem Kender verfolgt, der seinen Hupak festhielt und versuchte, in alle Richtungen gleichzeitig zu sehen. Er war mit einer Staubschicht überzogen und mit Blutspritzern übersät, aber wenn man nach seinen kräftigen Bewegungen urteilen konnte, musste das meiste davon von anderen stammen.

»Du musst Imsaffor Sauseschritt sein«, war das Erste, was Rynthala herausbrachte.

Immerhin besser, als den Krieger als Kiri-Jolit zu begrüßen. Er war ein tapferer Kämpfer, gewiss, und fast sicher auf der Seite des Guten, aber doch ein Mensch und nicht einmal mehr so jung, wie Rynthala gedacht hatte. Er musste schon an die dreißig sein, was ihr noch wie ein erhebliches Alter vorkam.

Der Krieger und der Kender reagierten gleichzeitig, aber der Kender redete dreimal so schnell wie der Krieger, sodass Rynthala seine Antwort zuerst vernahm, auch wenn das meiste davon keinen Sinn ergab. Anscheinend hatte sie seinen Namen richtig erraten, denn er dankte ihr, davon ausgehend, dass Horimpsot Altdrache ihn ihr verraten hatte. Jetzt würde er seinem Freund seinen Hupak zurückgeben und so weiter und so fort – so plapperte er eine ganze Weile drauflos.

Inzwischen hatte der Krieger sichtliche Mühe, sich das Lachen zu verbeißen. Er blickte auf den Kender hinunter, der ihm kaum bis zur Gürtellinie reichte, und sagte: »Habe ich mich so verändert, dass du mich nicht wiedererkennst?«

Der Kender blickte nach oben, sein Mund klappte auf, und zum ersten Mal seit Menschengedenken verschlug es einem Kender die Sprache. Dadurch bekam der Krieger die Gelegenheit, sich vor Rynthala zu verbeugen.

»Ich gehe davon aus, dass Ihr auf der Seite des Guten steht, meine Dame, denn es täte mir sehr Leid, gegen Euch kämpfen zu müssen. Ich bin Sir Darrin Waydolson, Ritter der Krone.«

»Ich bin Rynthala von Belkuthas, und ich werde nicht mit Euch kämpfen, solange Ihr nicht mein Elternhaus angreift.« Rynthala merkte, wie sie rot wurde, weil sie sich so unmöglich ausdrückte. Sie hatte mehr Verstand gezeigt, als sie zehn gewesen war.

Sir Darrin war zu höflich, dies zur Kenntnis zu nehmen. Stattdessen schwenkte er sein Schwert über den Hang, wo der Staub jetzt den Blick auf einen größeren Kampf freigab. Die Zahl der Gefallenen ließ darauf schließen, dass die Schlacht fast zu Ende war – und Rynthala bemerkte, dass die meisten Gefallenen die bunt zusammengewürfelte Ausstattung der Söldner trugen und die meisten Überlegenen die Tracht der Freien Reiter oder solamnische Kleider.

Jedenfalls, soweit ich das bei dem Staub feststellen kann, ermahnte Rynthala sich selbst.

Sir Darrin trat näher und wies mit dem Schwert nach unten. Eine weitere, dünnere Staubwolke umschloss einen zweiten Kampf, der noch im Gange war. Eine gemischte Gruppe aus Solamniern und Freien Reitern widmete sich hitzig einer weiteren Abteilung Söldner, die versuchte, sich von einem Pass im Osten nach unten durchzukämpfen.

»Wenn Ihr jemanden im Kampf unterstützen wollt, dann bringt Eure Leute dort runter und erstattet meinem Kommandanten, Sir Pirvan von Tiradot, Ritter des Schwertes, Bericht. Oder Drei-Hände, Sohn von Rotdorn dem Greifen, der mit Sir

Pirvan zusammen Häuptling ist. Ich werde, wenn nötig, einen Mann mitschicken, der Euch führt.«

Rynthala war hin- und hergerissen zwischen Erleichterung darüber, dass es noch einen Kampf auszufechten gab, und Bedauern darüber, dass Sir Darrin sie nicht begleiten würde. Mit einem Zeichen rief sie die Reiter zu sich. *Folgt mir.*

Rynthala führte ihre Männer – oder wenigstens einige Dutzend Pfeile – in die letzten Augenblicke von Pirvans Kampf ein. Die junge Kriegerin war sichtlich enttäuscht.

Pirvan versicherte ihr, dass ihre Ankunft den Kampf schneller beendet und somit auf beiden Seiten Leben gerettet hatte. Dafür war er ihr dankbar und vor Kiri-Jolit und Paladin hatte sie sich Ehre erworben.

»Seid Ihr Sir Pirvan von Tiradot?«, war alles, was die Kriegerin erwiderte.

»Der bin ich, aber …«

»Sir Darrin Waydolson hat mich gebeten, zu Euch zu stoßen. Habe ich das getan?«

»Ja, aber …«

»Sir Pirvan!« Eine kleine Gestalt flitzte zwischen den beiden Reitern hindurch. »Schön, Euch wiederzusehen. Wir müssen uns unterhalten. Die Männer, gegen die Ihr hier gekämpft habt, gehörten zu Zephros. Wir sind ihnen vor ein paar Tagen an einem Pass mit vielen Felsspitzen begegnet. Wir haben ein paar Spitzen abgebrochen und da sind beide Seiten des Passes runtergedonnert. Dadurch war ihnen der Weg versperrt. Sie müssen einen anderen Weg durch die Berge gefunden haben. Die anderen Männer sind gewöhnliche Söldner. Ich weiß nicht, ob sie auf der gleichen Seite stehen, aber Zephros' Männer sind von Grund auf verdorben. Wenn sie bis zum letzten …«

Pirvan hielt eine Hand hoch, was den Kender allerdings nicht zum Schweigen brachte. Unter der Staubschicht erkannte Pirvan Imsaffor Sauseschritt, einst ein Mitglied der Bande von Waydol dem Minotaurus. Zehn Jahre ließen Kender nicht besonders altern – und machten auch ihre Zungen nicht langsamer.

Wer Sauseschritt zum Schweigen brachte, war Rynthala, die

aus dem Sattel glitt und ihn am Nacken hochhob. Erst da fiel Pirvan auf, dass diese Frau – oder eher dieses Mädchen – größer war als er selbst und wahrscheinlich auch stärker.

Sauseschritt nutzte eine ganze Menge von dem, was er an Kraftausdrücken auf Lager hatte, aber er bediente sich der Kendersprache, sodass niemand daran Anstoß nahm. Während er seinen Gefühlen freien Lauf ließ, ritt Eskaia herbei und begrüßte ihren Vater wie ein Unteroffizier seinen Anführer.

»Sei gegrüßt, Vater. Sir Darrin meldet, dass er alle Söldner getötet, gefangen genommen oder in die Flucht geschlagen hat. Die, gegen die du gekämpft hast – ein Teil von Zephros' Bande, heißt es –, bitten um einen Waffenstillstand, damit sie ihre Toten begraben und die Verwundeten versorgen können.«

»Gewährt«, erwiderte Pirvan. Es war angenehm, mit jemandem zu reden, der ihn nicht unterbrechen würde – jedenfalls nicht auf dem Schlachtfeld.

Aber diese Freude würde nicht lange anhalten. Er musste eine Menge über die in Erfahrung bringen, die er besiegt hatte, und das noch vor dem Sonnenuntergang, der bereits nahte. Danach musste er seine Männer – die Unversehrten, die Verwundeten und die Toten – sowie die Gefangenen in Sicherheit bringen. Morgen früh stand der nächste Kampf bevor und sie mussten den Marsch nach Belkuthas wieder aufnehmen.

Wenn die Erbin der Zitadelle ihm entgegengekommen war, war es ein Gebot der Höflichkeit, ihr nach Hause zu folgen. Aber Pirvan betete zu jedem Gott, den ein Ritter rechtmäßig anrufen darf, und zu ein paar anderen, die vielleicht helfen würden, wenn sie guter Laune waren, dass Rynthala ihm auch bei dem Berg Arbeit helfen würde, der ihnen noch bevorstand, bis sie die Türme von Belkuthas sehen würden!